Dashiell Hammett

Der Engel vom ersten Stock

Neu entdeckte Stories

Aus dem Amerikanischen von
Benjamin Schwarz

Hoffmann und Campe

Die Geschichten dieses Bandes erschienen zumeist erstmals in den zwanziger und dreißiger Jahren in unterschiedlichen Kriminalmagazinen. Übersetzungsgrundlage für die vorliegende Sammlung bildeten die späteren Buchausgaben »The Return of the Continental OP«, Spivak, New York 1945 (»Mord & Co.«), »The Creeping Siamese«, Spivak, New York 1950 (»Die schleichenden Siamesen«, »Die Nägel in Mr. Cayterer«, »Der Mann, der Dan Odams erschoß«, »Der Scherz mit Eloise Morey«, »Tom, Dick oder Harry«) und »A Man Named Thin«, Ferman, New York 1962 (»Der Lohn des Verbrechens«, »Itchy, der Chevalier«, »Der Engel vom ersten Stock«, »In der Leichenhalle«).

Schutzumschlaggestaltung: Manfred Waller,
unter Verwendung eines Bildes von Hans Hillmann
Satz: Utesch Satztechnik GmbH, Hamburg
Druck und Bindung: Mohndruck, Gütersloh
Printed in Germany
ISBN 3-455-02832-2

Der Engel vom ersten Stock

Inhalt

Die schleichenden Siamesen

Ich stand gerade an der Kasse im Eingangsraum der San Franciscoer Filiale der Continental Detective Agency und sah zu, wie Porter meine Spesenabrechnung überprüfte, als ein Mann hereinkam. Er war hochgewachsen, mit grobem Knochenbau und hartem Gesicht. Graue Kleider hingen ihm lose von den breiten Schultern. Im Sonnenlicht des Spätnachmittags, das durch die teilweise geschlossenen Fensterläden drang, hatte seine Haut die Farbe neuer gelbbrauner Schuhe.

Ungestüm öffnete er die Tür, dann zögerte er, blieb auf der Schwelle stehen, hielt den Türknauf fest umschlossen und drehte ihn in seiner knochigen Hand hin und her. Bei allem lag keine Unentschlossenheit in seinem Gesicht. Es war häßlich und verbissen, und sein Ausdruck war der eines Menschen, der sich an etwas Unangenehmes erinnert.

Tommy Howd, unser sommersprossiger und stupsnasiger Laufbursche, stand von seinem Schreibtisch auf und trat an die Brüstung, die das Büro teilte.

»Sie wünschen?« setzte Tommy an – und machte einen Satz zurück.

Der Mann hatte den Türknauf losgelassen. Er kreuzte seine langen Arme vor der Brust, die Hände packten seine Schultern. Sein Mund dehnte sich zu einem Gähnen, das mit Entspannung nichts zu tun hatte. Und klappte wieder zu. Seine Lippen zogen sich von fest zusammengebissenen, gelben Zähnen zurück.

»Teufel!« knurrte er voller Abscheu und stürzte zu Boden.

Ich schwang mich über die Brüstung, machte einen Schritt über den Mann weg und trat hinaus auf den Korridor.

Vier Türen weiter betrat Agnes Braden, eine dickliche Frau von dreißig-und-noch-was, die ein öffentliches Stenografieunternehmen leitete, ihr Büro.

»Miss Braden!« rief ich, und sie drehte sich um und wartete, bis ich bei ihr war. »Haben Sie den Mann gesehen, der gerade in unser Büro gekommen ist?«

»Ja.« Neugier brachte Lichter in ihre grünen Augen. »Ein großer Mann, der mit mir im Fahrstuhl war. Warum?«

»War er allein?«

»Ja. Das heißt, er und ich waren die einzigen, die auf dieser Etage ausgestiegen sind. Warum?«

»Haben Sie jemanden bei ihm gesehen?«

»Nein, aber ich hab im Fahrstuhl auch nicht auf ihn geachtet. Warum?«

»Hat er sich komisch benommen?«

»Nicht, daß ich's bemerkt hätte. Warum?«

»Danke. Ich komm später vorbei und erzähle Ihnen von der Sache.«

Ich drehte eine Schleife über sämtliche Korridore auf unserer Etage, fand aber nichts.

Der grobknochige Mann lag noch immer am Boden, als ich ins Büro zurückkam, aber man hatte ihn auf den Rücken gedreht. Er war so tot, wie ich mir das gedacht hatte. Der Alte, der ihn untersucht hatte, richtete sich gerade auf, als ich hereinkam. Porter war am Telefon und versuchte, die Polizei zu erreichen. Tommy Howds Augen waren blaue Halbdollarmünzen in einem weißen Gesicht.

»Auf dem Korridor draußen ist nichts«, sagte ich zum Alten. »Er ist mit Agnes Braden im Fahrstuhl nach oben gekommen. Sie sagt, er war allein, und sie hat auch niemanden gesehen, der ihm auffällig nah gekommen wäre.«

»Ganz recht.« Stimme und Lächeln des Alten waren so liebenswürdig und nett, als gehörte die Leiche vor seinen Füßen zum Teppichmuster. Fünfzig Jahre Schnüffelarbeit hatten ihn so mitfühlend wie einen Pfandleiher werden lassen. »Er scheint einen Stich in die linke Brust abgekriegt zu haben, eine ziemlich große Wunde, deren Blutung mit einem Stück Seidenstoff gestillt wurde« – einer seiner Füße tippte gegen ein zusammengeknülltes rotes Stoffknäuel auf dem Boden – »scheint ein Sarong zu sein.«

Niemals *ist* heute Dienstag für den Alten: es *scheint* Dienstag zu sein.

»Ich habe«, fuhr er fort, »bei ihm an die neunhundert Dollar in verschieden großen Scheinen und etwas Hartgeld gefunden, eine goldene Uhr und ein Taschenmesser englischer Fabrikation, eine japanische Silbermünze von fünfzig Sen, Tabak, Pfeife und Streichhölzer, einen Fahrplan der Southern Pacific, zwei Taschentücher ohne Wäschereizeichen, einen Bleistift und mehrere Blätter unbeschriebenes Papier, vier Zwei-Cents-Briefmarken und einen Schlüssel mit einem Anhänger, auf dem *Hotel Montgomery, Zimmer 540* steht.

Seine Kleidung scheint neu zu sein. Sicher bringt sie uns weiter, wenn wir sie eingehender untersuchen, allerdings lege ich darauf keinen Wert, solange die Polizei nicht hier ist. Fahren Sie doch schon mal zum Montgomery und sehen, was dort herauszubringen ist.«

Im Foyer des Hotels lief mir gleich als erster genau der Mann über den Weg, den ich wollte: Pederson, der Hausdetektiv, ein ehemaliger Barkeeper mit blondem Schnurrbart, der vom Herumschnüffeln zwar nicht mehr Ahnung hat als ich von Saxophonen, der aber über Menschenkenntnis verfügt und weiß, wie man die Leute behandelt, was sein Job ja auch von ihm erfordert.

»Hallo!« begrüßte er mich. »Wie steht's?«

»Sechs zu eins für Seattle, Ende des vierten Durchgangs. Wer wohnt in 540, Pete?«

»Die Jungs spielen doch gar nicht in Seattle, du Trottel! Portland! Ein Mann, der nicht genug Bürgersinn aufbringt, um zu wissen, wo seine Mannschaft – «

»Laß gut sein, Pete! Ich habe keine Zeit, um mich mit deinem albernen Klimbim rumzuschlagen. In unserm Laden ist eben ein Mann tot umgefallen, mit einem von euren Zimmerschlüsseln in der Tasche – 540.«

Der Bürgersinn in Pedersons Gesicht fiel in sich zusammen.

»540?« Er starrte zur Decke hoch. »Das müßte dieser Rounds sein. Tot umgefallen, sagst du?«

»Tot. Ist mitten im Zimmer umgekippt, mit einem Messerstich in der Brust. Wer ist dieser Rounds?«

»So aus dem Kopf kann ich dir da nicht viel sagen. Ein großer, grobknochiger Mann mit ledriger Haut. Ich hätte ihn gar nicht bemerkt, wär er nicht so ein mürrischer Typ.«

»Das ist der Bursche. Schlag mal unter ihm nach.«

An der Rezeption erfuhren wir, daß der Mann am Vortag eingetroffen war, sich als H. R. Rounds aus New York eingetragen und dem Empfangschef gesagt hatte, er gedenke, binnen drei Tagen wieder abzureisen. Es waren weder

Posteingänge noch Telefonanrufe für ihn verzeichnet. Niemand wußte, wann er weggegangen war, da er ja seinen Schlüssel nicht an der Rezeption abgegeben hatte. Weder Liftboys noch Pagen konnten uns etwas sagen.

Auch sein Zimmer trug nicht viel zu unseren Erkenntnissen bei. Sein Gepäck bestand aus einem einzigen schweinsledernen Koffer, der zerbeult, verschrammt und mit Aufklebern und Etiketten bedeckt gewesen war, die jemand weggekratzt hatte. Er war verschlossen, aber Kofferschlösser machen keine großen Umstände.

Das an Rounds' Gepäck kostete uns ungefähr fünf Minuten.

Rounds' Kleidung – einiges im Koffer, einiges im Schrank – war weder umfangreich noch teuer, aber alles war neu. Hemden, Wäsche und so weiter waren ohne Wäschereizeichen. Alles waren verbreitete Erzeugnisse, Marken, für die überall Reklame gemacht wurde und die man in jeder Stadt im Lande kaufen konnte. Es fand sich kein einziges Stück Papier mit irgendwas Geschriebenem drauf. Es gab kein Adreßschild, rein gar nichts im Zimmer, dem man hätte entnehmen können, woher Rounds gekommen war oder warum.

Pederson regte das auf.

»Ich schätze, wenn man ihn nicht umgebracht hätte, wäre er uns 'ne ganze Wochenrechnung schuldig geblieben! Auf diese Typen, die nichts bei sich haben, womit man sie identifizieren könnte, die nicht mal ihre Schlüssel an der Rezeption abgeben, wenn sie weggehen, kann man sich weiß Gott nicht sehr verlassen!«

Wir hatten unsere Durchsuchung gerade beendet, als ein Page Detective Sergeant O'Gar von der Mordkommission ins Zimmer führte.

»Schon unten in der Agentur gewesen?« fragte ich ihn.

»Yeah, komme grade von da.«

»Was gibt's Neues?«

O'Gar schob seinen breitkrempigen schwarzen Dorfpolizistenhut nach hinten und kratzte sich an seinem kugelrunden Kopf.

»Nicht viel. Der Doc sagt, der Stich wär von 'ner Klinge, mindestens sechs Zoll lang und zweie breit, und daß er keine zwei Stunden mehr zu leben hatte, nachdem sie ihm den Stich verpaßt hatten – höchstwahrscheinlich nicht mehr als eine. Sonst haben wir nichts Neues bei ihm gefunden. Was habt ihr hier rausgekriegt?«

»Sein Name ist Rounds. Ist gestern aus New York angekommen. Seine Sachen sind neu, und nirgendwo ist was dran, dem wir was entnehmen könnten, es sei denn, daß er keine Spur hinterlassen wollte. Keine Briefe, keine Notizen, nichts. Kein Blut, kein Zeichen eines Kampfes im Zimmer.«

O'Gar wandte sich an Pederson.

»Irgendwelche braunhäutigen Leute in der Nähe des Hotels gewesen? Hindus oder so was?«

»Ich hab keine gesehen«, sagte der Hausdetektiv. »Das krieg ich für Sie raus.«

»Dann war die rote Seide also ein Sarong?« fragte ich.

»Und ein teurer dazu«, sagte der Detective Sergeant. »Ich hab 'n Haufen davon gesehen in den vier Jahren, als ich auf den Inseln Soldat war, aber so 'nen guten wie den nie.«

»Wer trägt so was?«

»Männer und Frauen auf den Philippinen, auf Borneo, Java, Sumatra, der malaiischen Halbinsel, teilweise auch in Indien.«

»Soll das heißen, wer immer da auch zugestochen hat, wollte auf sich aufmerksam machen, indem er in 'nem roten Unterrock auf der Straße herumgelaufen ist?«

»Versuch bloß nicht komisch zu sein!« knurrte O'Gar mich an. »Die Dinger werden oft auch zu Schärpen oder Gürteln zusammengedreht oder -gefaltet. Und woher soll ich wissen, daß er den Stich auf der Straße abgekriegt hat? Schließlich, woher weiß ich denn, daß er nicht in eurem Laden niedergestochen worden ist?«

»Weil wir unsere Opfer immer vergraben, ohne was über sie verlauten zu lassen. Gehn wir runter und helfen Pete bei der Suche nach deinen Braunhäutigen.«

Die Sache brachte nichts ein. Welcher braunhäutige Mann auch ums Hotel herumgeschlichen sein mochte, er war zu raffiniert gewesen, um sich schnappen zu lassen.

Ich rief den Alten an und berichtete ihm, was ich erfahren hatte – wozu ich nicht viel Puste brauchte –, und O'Gar und ich verbrachten den Rest des Nachmittags und Abends damit, scharf in der Gegend herumzuschießen, ohne auch nur einmal das Ziel zu treffen. Wir befragten Taxifahrer, befragten die drei Rounds, die im Telefonbuch standen, aber unsere Unwissenheit, als wir mit allem durch waren, war so vollkommen wie am Anfang.

Die Morgenzeitungen, kurz nach acht an diesem Abend auf den Straßen, brachten die Story so, wie wir sie kannten.

Um elf ließen O'Gar und ich die Sache erst mal liegen und trennten uns in Richtung unserer jeweiligen Betten.

Wir blieben nicht lange getrennt.

Als ich die Augen aufmachte, saß ich im matten Licht des gerade aufgehenden Monds auf dem Rand meines Betts und hatte das klingelnde Telefon in der Hand.

O'Gars hektische Stimme: »Broadway Nr. 1856! Tempo, Tempo!«

»Broadway Nr. 1856«, wiederholte ich und legte auf.

Das Aufwachen beendete ich, während ich

nach einem Taxi telefonierte, und zog mir dann mühsam meine Sachen an. Meine Uhr zeigte fünfundfünfzig nach Mitternacht, als ich die Treppe runterging. Ich war keine Viertelstunde im Bett gewesen.

Broadway Nr. 1856 war ein dreistöckiges Haus hinter einem Vorgartenrasen im Taschenformat in einer Reihe gleicher Häuser mit gleichen Vorgärten. Die anderen Häuser waren dunkel. Bei Nr. 1856 fiel Licht aus allen Fenstern und aus der offenen Eingangstür. Ein Polizist stand im Vorraum.

»Hallo, Mac! O'Gar schon da?«

»Ist grade rein.«

Ich betrat die braune, lederfarbene Eingangshalle und sah den Detective Sergeant die breite Treppe hochgehen.

»Was gibt's?« fragte ich, als ich ihn einholte.

»Weiß nicht.«

Im ersten Stock wandten wir uns nach links und begaben uns in eine Bibliothek oder einen Salon, der sich über die ganze Vorderseite des Hauses erstreckte.

Ein Mann in Pyjama und Bademantel saß auf einer Bettcouch und hatte ein entblößtes Bein auf einen Stuhl vor sich gestreckt. Ich erkannte ihn, als er mir zunickte: Austin Richter, Besitzer eines Filmtheaters in der Market Street. Er war ein Mann von etwa fünfundvierzig Jahren mit rundem Gesicht und Halbglatze, für den die

Agentur etwa ein Jahr zuvor irgendwelche Dinge im Zusammenhang mit einem Kartenverkäufer erledigt hatte, der abgehauen war, ohne die Tageseinnahmen abzuliefern.

Vor Richter stand ein schmächtiger, weißhaariger Mann, dem mit Großbuchstaben »Arzt« ins Gesicht geschrieben war, und betrachtete dessen Bein, das direkt unterhalb des Knies in einem Verband steckte. Neben dem Arzt stand eine hochgewachsene Frau in einem pelzbesetzten Morgenmantel mit einer Mullbinde und einer Schere in der Hand. Ein bulliger Polizeikorporal schrieb an einem langen, schmalen Tisch etwas in ein Notizbuch; neben ihm auf der leuchtendblauen Tischdecke lag ein dicker Spazierstock aus Hickoryholz.

Alle drehten sich zu uns um, als wir das Zimmer betraten. Der Korporal stand auf und kam zu uns herüber.

»Ich wußte, daß Sie die Rounds-Sache untersuchen, Sergeant, deshalb dachte ich, es wär das beste, Sie sofort zu benachrichtigen, als ich hörte, daß in die Geschichte hier ein paar braunhäutige Leute verwickelt sind.«

»Gute Arbeit, Flynn«, sagte O'Gar. »Was ist passiert?«

»Einbruch, vielleicht auch nur versuchter Einbruch. Sie waren zu viert – haben die Küchentür aufgebrochen.«

Richter setzte sich kerzengerade auf, und

seine blauen Augen waren plötzlich sehr aufgeregt; wie auch die braunen Augen der Frau.

»Verzeihen Sie bitte«, sagte er, »gibt es denn noch einen Fall – Sie erwähnten braunhäutige Männer im Zusammenhang mit einer anderen Sache –, gibt es denn noch so einen Fall?«

O'Gar sah mich an.

»Haben Sie die Morgenzeitungen nicht gelesen?« fragte ich den Kinobesitzer.

»Nein.«

»Also, am späten Nachmittag ist ein Mann mit einem Messerstich in der Brust ins Büro der Continental gekommen und dort gestorben. Gegen die Wunde gepreßt, wohl um die Blutung zu stillen, hielt er einen Sarong, und daher haben wir auch die Idee mit den braunhäutigen Männern.«

»Sein Name?«

»Rounds, H. R. Rounds.«

Der Name brachte kein Wiedererkennen in Richters Blick.

»Ein großer Mann, dünn, mit dunkler Haut?« fragte er. »In einem grauen Anzug?«

»Stimmt genau.«

Richter drehte sich um und sah die Frau an.

»Molloy!« rief er.

»Molloy!« rief sie.

»Sie kennen ihn also?«

Ihre Gesichter wandten sich mir zu.

»Er war nachmittags hier. Er ging weg – «

Richter verstummte, um sich erneut fragend der Frau zuzuwenden.

»Ja, Austin«, sagte sie, legte die Mullbinde und die Schere auf den Tisch und setzte sich neben ihn auf die Couch. »Erzähl's ihnen.«

Er tätschelte ihre Hand und blickte zu mir mit dem Gesichtsausdruck von jemandem hoch, der einen hübschen Ort entdeckt hat, an dem er eine schwere Last abladen kann.

»Setzen Sie sich. Ist zwar keine lange Geschichte, aber setzen Sie sich.«

Wir rückten uns Stühle heran.

»Molloy – Sam Molloy –, das ist sein Name oder zumindest der, unter dem ich ihn gekannt habe. Er kam am Nachmittag hier vorbei. Entweder hatte er im Kino angerufen oder war hingegangen, und sie hatten ihm gesagt, daß ich zu Hause sei. Ich hatte ihn drei Jahre nicht mehr gesehen. Wir merkten beide – meine Frau und ich –, daß irgend etwas mit ihm nicht in Ordnung war, als er hereinkam.

Ich fragte ihn, und er sagte, er sei auf dem Weg hierher von einem Siamesen mit einem Messer verletzt worden. Er schien anzunehmen, die Verletzung sei nicht weiter schlimm, oder er tat nur so. Er wollte sie uns weder verbinden noch ansehen lassen. Er sagte, er würde einen Arzt aufsuchen, wenn er wieder ginge, sobald er das Ding losgeworden wär. Deswegen war er zu mir gekommen. Er wollte, daß ich es versteckte, es in Obhut nähme, bis er es wieder abholen würde.

Er sprach nicht viel. Er war in Eile und hatte Schmerzen. Und ich stellte ihm keine Fragen. Ich konnte ihm einfach nichts abschlagen und umständlich rumfragen, obgleich er uns praktisch verraten hatte, daß die Sache nicht nur illegal, sondern auch gefährlich war. Er hat uns einmal das Leben gerettet – meiner Frau mehr als das Leben –, unten in Mexiko, wo wir ihn kennengelernt haben. Das war 1916. Wir wurden da während der Villa-Unruhen gefangengenommen. Molloy schmuggelte Gewehre über die Grenze, und er hatte so viel Einfluß auf die Banditen, daß Sie uns freiließen, als es schon so aussah, als wären wir erledigt.

Und deshalb konnte ich jetzt, als er mich bat, etwas für ihn zu tun, keine langen Fragen stellen. Ich sagte: ›Ja‹, und er gab mir das Paket. Es war nicht groß, ungefähr so wie – ja – ein Brot vielleicht, aber dafür ganz schön schwer. Es war in braunes Papier eingewickelt. Wir packten es aus, als er weg war, das heißt, wir entfernten das Papier. Aber die innere Hülle war aus Leinen, mit einer Seidenkordel verschnürt und versiegelt, deshalb haben wir es nicht aufgemacht. Wir haben es oben auf dem Dachboden unter einen Stapel alte Illustrierte gelegt.

Und heute nacht um Viertel vor zwölf – ich war erst ein paar Minuten im Bett und noch nicht eingeschlafen – hörte ich ein Geräusch. Ich habe keine Pistole, und im ganzen Haus gibt es nichts, was man ernsthaft als Waffe bezeichnen könnte, aber der Spazierstock da« – er zeigte auf den Hickorystock auf dem Tisch – »stand in unserem Schlafzimmerschrank. Also nahm ich ihn und wollte hier in dieses Zimmer, um nachzusehen, was das Geräusch bedeutete.

Gleich vor dem Schlafzimmer lief mir ein Mann in die Arme. Ich konnte ihn besser sehen als er mich, weil die Tür hinter ihm offenstand und er sich vorm Fenster abzeichnete. Er stand genau zwischen mir und dem Fenster, und das Mondlicht ließ ihn mich recht deutlich erkennen. Ich versetzte ihm einen Hieb mit dem Stock, schlug ihn aber nicht zu Boden. Er drehte sich um und rannte hier rein. Törichterweise dachte ich nicht daran, daß er vielleicht nicht alleine war, und rannte hinter ihm her. Ein zweiter Mann schoß mir ins Bein, als ich eben durch die Tür kam.

Natürlich fiel ich hin. Und während ich mich wieder hochrappelte, brachten zwei von ihnen meine Frau herein. Es waren im ganzen vier. Mittelgroße Männer, braunhäutig, wenn auch nicht sehr dunkel. Ich hielt es für selbstverständlich, daß es Siamesen waren, weil Molloy von Siamesen gesprochen hatte. Sie machten Licht, und einer, der wohl der Anführer war, fragte mich:

›Wo ist es?‹

Sein Akzent war ziemlich stark, aber man konnte seine Worte ganz gut verstehen. Ich wußte natürlich, daß sie hinter dem Paket her waren, das Molloy hiergelassen hatte, aber ich tat so, als wüßte ich nichts. Sie sagten zu mir, oder vielmehr der Anführer sagte, sie wüßten, daß er es hergebracht habe, aber sie nannten Molloy bei einem anderen Namen – Dawson. Ich sagte, ich kenne keinen Dawson und hier habe niemand was liegenlassen, und versuchte, sie dazu zu bringen, mir zu sagen, was sie denn zu finden hofften. Aber das taten sie nicht – sie redeten immer nur von *es*.

Sie besprachen sich miteinander, aber natürlich verstand ich kein Wort von dem, was sie sagten, und dann gingen drei von ihnen hinaus und ließen einen als Wache bei uns zurück. Er hatte eine Pistole, eine Luger. Wir hörten die andern im Haus herumstreifen. Die Suche hat wohl eine Stunde gedauert. Dann kam der, den ich für den Anführer hielt, wieder ins Zimmer und sagte etwas zu unserem Bewacher. Beide machten sehr erfreute Gesichter.

›Sie sind gut beraten, wenn Sie das Zimmer hier für eine Weile nicht verlassen‹, sagte der Anführer zu mir, und dann gingen sie hinaus – alle beide – und machten die Tür hinter sich zu.

Ich wußte, daß sie das Haus verließen, aber ich kam mit diesem Bein nicht hoch. Nach dem, was der Doktor sagt, habe ich Glück, wenn ich in zwei Monaten wieder laufen kann. Ich wollte nicht, daß meine Frau hinausging und vielleicht einem von ihnen in die Arme lief, ehe sie das Weite gesucht hatten, aber sie bestand darauf und stellte fest, daß sie verschwunden waren, und rief die Polizei an, und dann lief sie zum Dachboden rauf und stellte fest, daß das Paket weg war.«

»Und dieser Molloy hat Ihnen nicht den kleinsten Hinweis darauf gegeben, was in dem Paket drin war?« fragte O'Gar.

»Kein Wort, nur daß es was war, hinter dem die Siamesen her wären.«

»Kannte er den Siamesen, der ihm den Messerstich beigebracht hat?« fragte ich.

»Ich glaube ja«, sagte Richter langsam, »aber ich bin nicht sicher, ob er das ausdrücklich gesagt hat.«

»Erinnern Sie sich an seine Worte?«

»Leider nicht genau.«

»Ich glaube, ich kann mich an sie erinnern«, sagte Mrs. Richter. »Mein Mann, Mr. Richter, fragte ihn: ›Was ist los, Molloy? Sind Sie verletzt? Oder krank?‹

Molloy lachte kurz auf, legte eine Hand auf seine Brust und sagte: ›Nichts von Bedeutung. Ich bin mit 'nem Siamesen zusammengetroffen, der mir auf dem Weg hierher aufgelauert hat, ich wurde unvorsichtig und hab mir von ihm 'ne Schramme verpassen lassen. Aber mein Päckchen hab ich noch.‹«

»Hat er sonst noch was über den Siamesen gesagt?«

»Nicht direkt«, erwiderte sie, »er sagte nur, wir sollten auf alle Asiaten achtgeben, die wir in der Gegend sähen. Er sagte, er würde das Paket nicht dalassen, wenn er glaubte, es könnte uns in Schwierigkeiten bringen, aber schließlich gebe es immer die Möglichkeit, daß etwas schieflaufe, und wir sollten lieber achtsam sein. Und er sagte zu meinem Mann« – sie nickte zu Richter hinüber – »die Siamesen seien ihm schon seit Monaten auf den Fersen, aber jetzt, wo er ein sicheres Plätzchen für das Paket habe, werde er ›sie auf einen Spaziergang mitnehmen und vergessen, sie wieder zurückzubringen‹. Genauso hat er sich ausgedrückt.«

»Was wissen Sie über Molloy?«

»Leider nicht viel«, übernahm nun Richter wieder das Antworten. »Er sprach gern über die Orte, an denen er gewesen war, und über das, was er gesehen hatte, aber über seine Geschäfte bekam man kein Wort aus ihm heraus. Wir sind ihm, wie ich ja bereits gesagt habe, zum erstenmal in Mexiko begegnet, und zwar 1916. Nachdem er uns da unten gerettet und aus dem Land geschafft hatte, haben wir ihn fast vier Jahre nicht wiedergesehen. Eines Abends klingelte er dann plötzlich an der Tür und blieb ein, zwei Stunden bei uns. Er sei auf dem Weg nach China, sagte er, und habe vor der Abreise noch etliche Dinge zu erledigen.

Ein paar Monate später erhielt ich aus dem Queens Hotel in Kandy einen Brief von ihm, in dem er mich bat, ihm eine Liste aller Import- und Exportfirmen von San Francisco zu schikken. Dann schrieb er mir einen Brief, in dem er sich für die Liste bedankte, und ich hörte erst wieder von ihm, als er ungefähr ein Jahr später für eine Woche hier nach San Francisco kam. Das war 1921, glaube ich.

Etwa ein Jahr danach war er noch mal eine Woche hier und erzählte uns, er sei in Brasilien gewesen, aber wie üblich sagte er nicht, was er dort gemacht hatte. Einige Monate darauf wiederum bekam ich aus Chicago einen Brief von ihm, in dem er mir mitteilte, er werde die folgende Woche hiersein. Aber er kam nicht. Statt dessen schrieb er einige Zeit später aus Wladiwostok, er habe es leider nicht geschafft. Und seit damals ist es das erste Mal, daß wir jetzt wieder von ihm gehört haben.«

»Wo war sein Zuhause? Hatte er keine Angehörigen?«

»Er sagte immer, er habe weder das eine noch das andere. Ich glaube, er wurde in England geboren, allerdings weiß ich nicht, ob er das mal gesagt hat oder warum ich auf den Gedanken komme.«

»Noch irgendwelche Fragen?« erkundigte ich mich bei O'Gar.

»Nein. Werfen wir mal ein Auge auf das Haus und gucken, ob die Siamesen keine Spuren hinterlassen haben.«

Das Auge, das wir auf das Haus warfen, war eingehend. Wir teilten das Gelände nicht zwischen uns auf, sondern gingen alles gemeinsam durch – vom Dach bis zum Keller.

Und der ergab für uns das meiste: Dort war es, im kalten Heizkessel, wo wir die Handvoll schwarzer Knöpfe und die feuergeschwärzten Sockenhalterschnallen fanden. Aber auch die oberen Stockwerke waren nicht gänzlich ohne Bedeutung: In einem Zimmer stießen wir auf den zusammengeknüllten Kassenbeleg eines Ladens in Oakland, der auf »1 Tischdecke« lautete; und nirgends fanden sich Sockenhalter.

»Natürlich geht es mich nichts an«, sagte ich zu Richter, als O'Gar und ich zu den anderen zurückkamen, »aber ich denke, wenn Sie sich auf Notwehr berufen, könnten Sie vielleicht damit durchkommen.«

Er versuchte, von der Couch aufzuspringen, aber sein kaputtes Bein machte nicht mit.

Die Frau erhob sich langsam.

»Und möglicherweise verschafft das auch Ihnen einen Ausweg«, sagte O'Gar zu ihr. »Warum versuchen Sie nicht, ihn davon zu überzeugen?«

»Oder vielleicht wäre es noch besser, wenn *Sie* sich auf Notwehr beriefen«, schlug ich ihr vor. »Sie könnten sagen, Richter wäre Ihnen zu Hilfe geeilt, als Ihr Mann Sie packte, und daß Ihr Mann auf ihn geschossen hat und die Waffe dann auf Sie richtete, als Sie mit dem Messer nach ihm stachen.«

»Mein Mann?«

»Hmmm, Mrs. Rounds-Molloy-Dawson. Ihr verstorbener Mann.«

Richter kriegte seinen Mund gerade wieder weit genug zu, um ein paar Worte hervorzustoßen.

»Was soll denn dieser verdammte Unsinn bedeuten?« fragte er.

»Das sind harte Worte von einem Burschen wie Ihnen«, knurrte O'Gar ihn an. »Wenn das Unsinn ist, was soll dann Ihre Räuberpistole wohl sein, die Sie uns da erzählt haben von herumschleichenden Siamesen und rätselhaften Paketen und Gott weiß was allem?«

»Sei nicht zu streng mit ihm«, sagte ich zu O'Gar. »Der ständige Umgang mit Filmen hat ihm das Gefühl für das, was glaubhaft klingt, verdorben. Wenn's anders wär, hätte er sich davor gehütet, schon eine Viertelstunde vor Mitternacht einen Siamesen im Mondlicht zu sehen, wo der Mond doch gegen Viertel vor eins, als du mich anriefst, gerade erst aufging.«

Richter erhob sich auf sein gesundes Bein.

Der stämmige Polizeikorporal trat dicht neben ihn.

»Soll ich ihn nicht vielleicht durchsuchen, Sergeant?«

O'Gar schüttelte seinen Kugelkopf.

»Zeitverschwendung. Er hat nichts bei sich. Sie haben alle Waffen weggeschafft. Wahrscheinlich hat die Lady sie in die Bucht geworfen, als sie rüber nach Oakland fuhr, um eine Tischdecke zu besorgen, die den Sarong ersetzen sollte, den ihr Mann mitgenommen hatte.«

Das warf die beiden Herzchen um. Richter tat so, als habe er nicht schlucken müssen, und die Frau hatte ziemlich mit sich zu ringen, ehe es ihr gelang, ihre Augen fest auf meine zu richten.

O'Gar schmiedete das Eisen, solange es heiß war, indem er die Knöpfe und Sockenhalterschnallen, die wir gerettet hatten, aus der Tasche zog und sie von einer Hand in die andere kullern ließ. Damit waren wir am Ende der Fakten, die wir herausgebracht hatten.

Ich warf ihnen eine Lüge an den Kopf.

»Ich will ja die Presse nicht runtermachen, aber man darf nicht allzusehr darauf vertrauen, was in den Zeitungen steht. Zum Beispiel könnte jemand ein paar schwerwiegende Worte gesagt haben, ehe er starb, und die Zeitungen bringen womöglich nichts davon. So was würde alles durcheinanderbringen.«

Die Frau sah O'Gar an.

»Darf ich mit Austin unter vier Augen sprechen?« fragte sie. »Ich meine hier, wo Sie uns sehen können.«

Der Detective Sergeant kratzte sich am Kopf und blickte zu mir herüber. Die Frage, ob man seine Schlachtopfer sich miteinander beraten lassen soll, ist immer eine kitzlige Angelegenheit – sie können sich entschließen auszupakken, sie können aber auch neue Finten aushekken. Andererseits, wenn man sie nicht läßt, besteht die Aussicht, daß sie halsstarrig werden und man nichts mehr aus ihnen rauskriegt. Eine Möglichkeit war so riskant wie die andere. Ich grinste O'Gar an und weigerte mich, einen Vorschlag zu machen. Er sollte selbst entscheiden, und wenn er sich irrte, konnte ich die Schuld auf ihn schieben. Er sah mich finster an, dann nickte er der Frau zu.

»Sie können rüber in die Ecke gehen und zwei Minuten miteinander reden«, sagte er, »aber keine Dummheiten.«

Sie reichte Richter den Hickorystock, ergriff seinen freien Arm, half ihm, sich humpelnd in die entgegengesetzte Zimmerecke zu begeben, und zog einen Stuhl für ihn heran. Er setzte sich, wobei er uns den Rücken zukehrte. Sie stellte sich hinter ihn und beugte sich über seine Schulter, so daß ihre Gesichter für uns nicht zu sehen waren.

O'Gar kam näher an mich heran. »Was denkst du?« flüsterte er.

»Ich denke, sie werden gestehen.«

»Dein Schuß von wegen, daß sie Molloys Frau ist, ging voll ins Schwarze. Mir ist das entgangen. Wie bist du drauf gekommen?«

»Als sie uns erzählte, was Molloy über die Siamesen gesagt hat, bemühte sie sich beide Male, als sie ›mein Mann‹ sagte, deutlich zu zeigen, daß sie Richter meinte.«

»Na und? Hmm, ja – «

Das Flüstern in der Zimmerecke war allmählich immer lauter geworden, jedes »S« ein scharfer Zischer. Jetzt kam ein deutlicher, entschiedener Satz aus Richters Mund.

»Verflucht will ich sein, wenn ich das mache!«

Beide sahen sich verstohlen um, dann senkten sie die Stimmen wieder, aber nicht lange. Die Frau versuchte offensichtlich, ihn zu überreden, irgend etwas zu tun. Er schüttelte unentwegt den Kopf. Er legte eine Hand auf ihren Arm.

Sie stieß sie weg und flüsterte weiter.

Dann sagte er laut und bedächtig: »Nur zu, wenn du eine Dummheit machen willst. Es ist dein Hals. Ich habe ihm den Messerstich nicht beigebracht.«

Sie machte einen Satz von ihm weg, die Augen schwarze Flammen in ihrem weißen Gesicht. O'Gar und ich, wir bewegten uns leise auf sie zu.

»Du Ratte!« fauchte sie Richter an, fuhr herum und sah zu uns herüber.

»Ich habe ihn getötet!« schrie sie. »Dieser Waschlappen auf dem Stuhl da hat's versucht und – «

Richter holte mit dem Hickorystock aus.

Ich sprang danach, verfehlte, krachte gegen die Lehne des Stuhls. Hickorystock, Richter, Stuhl und ich, wir landeten der Länge nach auf dem Boden. Der Korporal half mir auf. Zusammen hoben wir Richter vom Boden hoch und setzten ihn wieder auf die Couch.

Die Geschichte der Frau ergoß sich aus ihrem wütenden Mund.

»Sein Name war nicht Molloy. Er hieß Lange, Sam Lange. Ich hab ihn 1913 in Providence geheiratet und ging mit ihm nach China – nach Kanton, wo er eine Stellung bei einer Schifffahrtslinie hatte. Wir blieben dort aber nicht lange, denn er kam in Schwierigkeiten, weil er irgendwie in die Revolution verwickelt war, die in dem Jahr stattfand. Danach zogen wir ziellos herum, vor allem in Asien.

Wir trafen diesen Kerl da« – sie zeigte auf den jetzt düster schweigsamen Richter – »in Singapur, ich glaube 1919, gleich nachdem der Weltkrieg zu Ende war. Sein richtiger Name ist Holley, und Scotland Yard kann Ihnen einiges über ihn erzählen. Er hatte einen Plan. Er wußte von einem Edelsteinlager im Innern Burmas, einem von vielen, die vor den Briten geheimgehalten worden waren, als sie das Land besetzten. Er kannte die Eingeborenen, die da arbeiteten, wußte, wo sie ihre Steine versteckten.

Mein Mann zog mit ihm und noch zwei anderen Männern los, die bei der Suche getötet wurden. Sie raubten das Versteck der Eingeborenen aus und entkamen mit einem ganzen Sack voller Saphire, Topase und auch einigen Rubinen. Die beiden anderen wurden, wie gesagt, von den Eingeborenen getötet, mein Mann wurde schwer verwundet.

Wir glaubten nicht, daß er überleben würde, und versteckten uns in einer Hütte in der Nähe der Grenze nach Jünnan. Holley überredete mich, die Edelsteine zu nehmen und mit ihm abzuhauen. Es sah so aus, als wär's um Sam geschehen, und wenn wir noch länger dort blieben, würde man uns mit Sicherheit schnappen. Ich kann sowieso nicht sagen, daß ich nach Sam besonders verrückt gewesen wäre, er war nicht der Typ dazu, wenn man 'ne Weile mit ihm gelebt hatte.

Holley und ich nahmen also das Zeug und verdufteten. Wir mußten etliche von den Steinen verscherbeln, um uns den Weg durch Jünnan, Kwangsi und Kwangtung freizukaufen, aber wir schafften es. Als wir nach San Francisco kamen, hatten wir noch genug, um uns das Haus hier und das Kino zu kaufen, und seitdem sind wir hier. Wir sind ehrliche Leute, seit wir zurück sind, aber ich nehme nicht an, daß das was bedeutet. Wir hatten genügend Geld, um sorgenfrei zu leben.

Und dann kreuzte Sam plötzlich auf. Wir hatten nichts von ihm gehört, seit wir ihn in Burma hilflos zurückgelassen hatten. Er erzählte, er sei geschnappt worden und habe drei Jahre im Gefängnis gesessen. Dann sei er wieder raus und habe die nächsten drei Jahre damit verbracht, nach uns zu suchen. So war er halt. Er wollte mich nicht zurückhaben, aber er wollte Geld. Er wollte alles, was wir hatten. Holley gingen die Nerven durch. Statt mit Sam zu verhandeln, verlor er den Kopf und versuchte ihn zu erschießen.

Sam nahm ihm die Pistole ab und schoß ihm ins Bein. In dem Handgemenge hatte Sam ein Messer fallen lassen, einen Kris, glaube ich. Ich hob ihn auf, aber er packte mich im selben Moment, als ich den Dolch richtig zu fassen kriegte. Ich weiß nicht, wie es passiert ist. Ich sah nur, daß Sam zurücktaumelte und sich mit beiden Händen an die Brust faßte – und der Kris in meiner Hand war leuchtend rot.

Sam hatte seine Pistole fallen lassen. Holley nahm sie und war unbedingt dafür, Sam zu erschießen, aber ich ließ es nicht zu. Das geschah alles in diesem Zimmer. Ich weiß nicht mehr, ob ich Sam den Sarong gegeben habe, den wir als Tischdecke benutzten, oder nicht. Jedenfalls versuchte er das Blut damit zu stillen.

Dann ging er weg, wobei ich Holley daran hinderte, ihn zu erschießen.

Ich wußte, daß Sam nicht zur Polizei gehen würde, aber ich wußte nicht, was er vorhatte. Und ich wußte, daß er schwer verletzt war. Wenn er irgendwo tot umfiel, war die Wahrscheinlichkeit groß, daß rauskam, daß er hier gewesen war. Vom Fenster aus beobachtete ich, wie er die Straße hinunterging und ihn augenscheinlich niemand beachtete, aber auf mich wirkte er so sichtlich verwundet, daß ich meinte, jeder würde sich deutlich an ihn erinnern, wenn erst in der Zeitung stünde, er sei irgendwo tot aufgefunden worden.

Holley hatte noch mehr Angst als ich. Wir konnten aber nicht verschwinden, da er die Schußwunde im Bein hatte. Deshalb haben wir uns diese Siamesengeschichte ausgedacht, und ich fuhr rüber nach Oakland und kaufte die Tischdecke, um den Sarong zu ersetzen. Wir hatten ein paar Pistolen und auch ein paar orientalische Messer und Schwerter hier im Haus. Ich hab alles in Papier eingewickelt, nachdem ich die Schwerter vorher zerschlagen hatte, und das Ganze auf der Fahrt nach Oakland von der Fähre ins Meer geworfen.

Als die Morgenzeitungen erschienen, lasen wir, was passiert war, und hielten uns weiter an das, was wir verabredet hatten. Wir verbrannten den Anzug, den Holley getragen hatte, als er den Schuß abkriegte, und seine Sockenhalter – weil die Hose ein Loch und die Kugel einen Sockenhalter durchschlagen hatte. Wir machten statt dessen ein Loch in seine Pyjamahose, banden sein Bein wieder auf – ich hatte es versorgt, so gut ich konnte – und wuschen das geronnene Blut ab, bis die Wunde wieder zu bluten anfing. Dann schlug ich Alarm.«

Sie hob beide Hände zu einer Gebärde der Unabänderlichkeit und machte mit der Zunge ein schnalzendes Geräusch.

»So war's«, sagte sie.

»Haben Sie noch was zu sagen?« fragte ich Holley, der auf sein Bein starrte.

»Meinem Anwalt«, sagte er.

O'Gar wandte sich an den Korporal: »Den Wagen, Flynn.«

Zehn Minuten später waren wir unten und halfen Holley und der Frau in den Polizeiwagen.

Auf der anderen Straßenseite kamen drei braunhäutige Männer, offenbar malaiische Seeleute, um die Ecke. Der in der Mitte schien betrunken zu sein, und die anderen zwei stützten ihn. Einer hatte ein Paket unter dem Arm, in dem möglicherweise eine Flasche war.

O'Gar blickte von ihnen zu mir und lachte.

»Jetzt würden wir den beiden Schätzchen kein Haar mehr krümmen, wenn wir auf das Märchen reingefallen wären, stimmt's?« flüsterte er.

»Schnauze, du – du großer Held!« knurrte ich zurück und machte eine Kopfbewegung zu Holley, der mittlerweile im Wagen verschwunden war. »Wenn der Kerl die sieht, identifiziert er sie als seine Siamesen, und der Himmel weiß, was eine Geschworenenbank draus machen würde!«

Wir ließen den verdutzten Fahrer mit dem Wagen um sechs Blocks herumkurven, um sicher zu sein, daß wir nicht an den braunhäutigen Männern vorbeikamen. Es lohnte sich, denn nichts stellte die zwanzig Jahre pro Nase in Frage, die Holley und Mrs. Lange aufgebrummt bekamen.

(erstmals in: »The Black Mask«, März 1926)

Die Nägel in Mr. Cayterer

Ich hatte gerade, wenn man das so nennen will, meine Schwierigkeiten mit der achten Zeile eines Rondeaus, als Papas fester und unverwechselbarer Schritt vor meiner Tür zu vernehmen war. Nun war mir zwar jede Unaufrichtigkeit zuwider, und war sie noch so bedeutungslos, aber ich mochte es auch nicht, daß Papa mit mir stritt, und zwingender, wenn nicht sogar größer als mein Abscheu gegen jede Falschheit war Papas Abneigung meiner Dichtung gegenüber, ein Vorurteil, das – man möge mir meine Meinung nachsehen – viel von seiner Schwere der Tatsache verdankte, daß er, soweit ich wußte, nie auch nur eine einzige Zeile meiner Werke gelesen hatte.

Unter diesen Umständen hatte ich das Gefühl, es sei nicht ganz und gar verwerflich von mir, das unvollendete Gedicht unter einen Stapel Steckbriefe zu schieben, der auf meinem Schreibtisch lag, so daß, als Papa mein Büro betrat, ich wenigstens dem äußeren Anschein nach die Beschreibung eines gewissen Johnson Tobin alias *The Dis-and-Dat-Kid* studierte, der kurz zuvor beim Hofgang aus dem Bundesgefängnis in Leavenworth entwischt war.

»Auf sie mit Gebrüll, Robin! Haben 'nen Auftrag gekriegt.«

Ich griff nach meinem Hut und folgte Papa auf den Gang hinaus, wo er, während wir auf den Fahrstuhl warteten, recht blumig erklärte:

»Hop Cayterer hat mir durchs Telefon Tränen ins Ohr geflennt. Nach seinem Gejammer zu urteilen, hat sich jemand an einer seiner Millionen versündigt.«

Wer Papa nicht kannte, hätte angesichts seiner Fröhlichkeit in Stimme und Auftreten denken können, daß er über Mr. Cayterers Misere große Genugtuung empfand, aber dieser Eindruck, das brauche ich kaum zu sagen, wäre gänzlich falsch gewesen. Die Wahrheit war schlicht die, daß Papa seine Arbeit liebte, in jeder Hinsicht, und daß er so jeder neuen Aufgabe voll freudiger Erwartung entgegensah, was ihn, das muß man gestehen, manchmal ein klein wenig gefühllos gegenüber den Ängsten derer erscheinen ließ, die mit ihren Problemen zu ihm kamen.

Von unseren Büroräumen zu denen unseres Mandanten waren es nur ein paar Querstraßen, doch vom Äußeren her lagen Meilen dazwischen; unsere waren klein und auf geradezu schmucklose Art schlicht, Mr. Cayterers dagegen waren groß und geschmackvoll möbliert, und am größten und luxuriösesten war sein Privatbüro, in das uns ein adretter, helläugiger Junge von vielleicht fünfzehn Jahren führte.

Obgleich es nicht mein erster Besuch dort war (wir hatten im Jahr zuvor im Zusammenhang mit einem fragwürdigen Zementliefervertrag für Mr. Cayterer einige Arbeiten durchgeführt), war ich erneut über die bezaubernde Einrichtung erstaunt. Es war ein Raum, der vielleicht zweimal so lang wie breit war und in dem es, von den farbigen Scheiben der breiten Fenster bis zu den alten Landkarten, die die Wände und die mit der Zeit nachgedunkelte Täfelung bedeckten, nichts gab, worauf man hätte mit dem Finger zeigen und sagen können: »Das gehört nicht in ein Arbeitszimmer.« Zudem fand sich, vom düsteren Schwarz des reichverzierten Schreibtischs, an dem Mr. Cayterer und seine Sekretärin saßen, bis hin zum schmiedeeisernen Knauf an der Tür hinter uns, keine Spur von der starren Rechtwinkligkeit und dem harten Glanz, die modernes Büromobiliar so scheußlich machen.

Mr. Cayterer erhob sich und gab Papa und mir die Hand. Er war hochgewachsen, fast so groß wie Papa, und etwa im gleichen Alter, nämlich dreiundsechzig, allerdings glattrasiert – Papa hatte einen ausgefransten grauen Schnurrbart – und ohne Papas rote Gesichtsfarbe. Man könnte dazu neigen, einem Bergbauingenieur die Arbeit im Freien ansehen zu wollen, aber zweifellos war Mr. Cayterers Blässe damit zu entschuldigen, daß er eher Unternehmer als Ingenieur war.

»Setzen Sie sich, Mr. Thin«, sagte er zu Papa und mir, und dann zu seiner Sekretärin: »Das wäre vorerst alles, Miss Brenham.«

»Ja, Mr. Cayterer.«

Sie hatte nicht zu Papa und mir herübergesehen, als wir das Büro betraten, und sah uns auch jetzt nicht an, als sie Briefe, Bleistift und Notizblock einsammelte und sich zurückzog. Sie war eine ausgesprochen attraktive junge Frau von nicht mehr als zwanzig Jahren mit weichem, zitronenblondem Haar und einzigartig sanften, blauen Augen.

Mr. Cayterer schob eine offene Teakholzkiste, die eigentlich eher eine mit Zigarren gefüllte Truhe war, über den Schreibtisch zu uns herüber. Papa nahm eine, wogegen ich lächelnd meinen Dank und meine Ablehnung zu erkennen gab.

»Thin«, sagte der Unternehmer langsam zu Papa, als ihre Zigarren brannten, »irgendein ... schlägt mich ans Kreuz.«

Papa schob seine Zigarre vom rechten Mundwinkel in den linken, ohne die Hände zu Hilfe zu nehmen.

»Schlägt, hat geschlagen oder versucht es gerade?«

Mr. Cayterer nahm seine Zigarre aus dem

Mund, drehte sie und betrachtete sie ohne sichtbare Befriedigung. Sie brannte, wie ich bemerkte, ziemlich unregelmäßig, ein Detail nicht ohne Bedeutung.

»Naja, zwei Nägel hat er mir schon reingedonnert, und der Hammer schwebt gerade über dem dritten.«

»Soso. Dann sollten wir mal 'nen Blick auf die beiden werfen, die bereits in Ihnen stecken?«

»Darauf kommen wir gleich, Thin. Wissen Sie irgendwas über China? Über die heutigen chinesischen Verhältnisse?«

»Nur, daß der ganze Kram, der in Chinatown verkauft wird, nicht aus China kommt.«

»Ungeheuer bedeutsam«, erwiderte der Unternehmer ernst und blickte erneut mißmutig auf seine schief brennende Zigarre.

Ich verschränkte die Hände im Schoß und unterdrückte meine Ungeduld, den Drang, nervös herumzuzappeln. Niemand, der im *Jongleur* meine Würdigung der Gedichte Dankos gelesen hatte, hätte mich bezichtigen können, keine Sympathie für das Primitive zu haben, dennoch hatte ich, während ich den saloppen Metaphern und spaßigen Belanglosigkeiten lauschte, mit denen Papa und Mr. Cayterer um weiß der Kuckuck was für eine Angelegenheit herumredeten, die uns dort zusammengeführt hatte, dennoch hatte ich das Gefühl, daß man auf diese Umschreibungen, diese Überbleibsel von indianischem Lagerfeuer und Buschmannhütte zugunsten moderner Kürze und Klarheit recht gut hätte verzichten können.

»China hat eine Zentralregierung«, näherte sich der Unternehmer endlich dem eigentlichen Anlaß unserer Zusammenkunft, »doch hat sie nicht das geringste Gewicht. Vielleicht wird es schon morgen einen neuen Präsidenten, Diktator oder Kaiser geben. Aber es macht keinen großen Unterschied, ob es so ist oder was dann kommt. Was es an Macht gibt, liegt in den Händen der *Tuchune*, der Gouverneure der einzelnen Provinzen. Eine wirkliche Zentralregierung wird es erst geben, wenn einer der Tuchune stark genug ist, um die anderen zu kaufen oder auszustechen. Und ich denke, ich weiß, wer es sein wird – und das genau ist es, was mich in diese Geschichte reingebracht hat.

Sein Name spielt keine Rolle, aber er – dieser bestimmte Tuchun – und ich sind alte Freunde. Wir haben früher Geschäfte miteinander gemacht und, was wichtiger ist, daran auch verdient. Sehen Sie mal! Die Staaten sind die Staaten, und China ist China, aber Politik ist Politik, und Menschen sind Menschen. Die Hauptkandidaten für den Job, China in den Griff zu kriegen, sind im Augenblick noch Chang Tso-lin und Feng Yu-hsian – mit ein paar noch Schwächeren im Kielwasser. Sie treiben schon eine ganze Zeit ihre Spielchen und haben sich dabei sorgfältig die Waage gehalten. Gewinnt der eine hier, gewinnt der andere da. Keiner ist stark genug, den anderen zu verdrängen – es bleibt beim Unentschieden.

Das kennt man, was? Klingt doch wie eine gute amerikanische Übereinkunft, um sich auf einen Präsidenten zu verständigen, stimmt's? Tja, aber was passiert in China, wenn zwei Kandidaten sich gegenseitig derart die Waage halten? Ich sag Ihnen, was passiert. Jemand, an den Sie nicht gedacht haben, der aber über seinen eigenen Wert ein bißchen nachgedacht hat, geht los und schnappt sich den Job. Nun, dieser Tuchun aus dem Dunkel ist mein Freund. Es ist ein Glücksspiel, und er hat gute Chancen, die Sache erfolgreich durchzustehen, aber er braucht Rückendeckung, gute blanke Dollars. Gewinnt er, gibt's Konzessionen – Gruben und vielleicht etwas Erdöl. Verliert er, gibt's nichts. Es ist ein einfaches Glücksspiel – steck dein Geld rein und laß es drauf ankommen. Und die Karten sind gut, denn ich kenne meinen Mann und der ist in Ordnung.

Ich hatte allerdings nicht das Geld, um die Sache alleine zu schaukeln, und ich würd's auch nicht, selbst wenn ich's könnte. Ich bin ein bißchen zu alt, um mich noch in irgendwas kopfüber reinzustürzen. Deshalb habe ich ein Syndikat gebildet und vier Leute mit reingenommen, die ganz gern mal was riskieren, wenn's gut aussieht. Jeder von uns hat also seinen Anteil gezahlt, und eben sollte das Geld per Schiff nach China gehen – da kam der erste Nagel.«

Einer Schublade seines Schreibtischs entnahm Mr. Cayterer einen kleinen weißen Umschlag, den er Papa reichte. Ich stand auf und warf einen Blick über seine Schulter. Der Umschlag trug eine japanische Briefmarke und den Poststempel von Kobe und war in einer etwas schweren, dennoch unregelmäßigen Handschrift gerichtet an: »Hopkins F. Cayterer, Esq., 1021 Seaman's Bank Building, San Francisco, Calif., USA.«

Der Brief darin, in derselben Handschrift, lautete:

»Mein lieber Mr. Cayterer,

aufgrund eines ungeheuren Glücksfalls sehe ich mich in der Lage, Ihnen von großer Hilfe zu sein. Die Sache ist sehr dringend, doch wenn Sie schnell handeln, kann ich erreichen, daß Ihre Vereinbarungen mit dem ehrenwerten K. der Presse nicht zur Kenntnis kommen.

Die New Yorker Zahlungsanweisung sollte auf meinen Namen lauten, doch an Mr. B. J. Randall, postlagernd, Los Angeles, Calif., geschickt werden. Dieser Brief müßte etwa am Zehnten d. M. in Ihren Händen sein, der Scheck sollte spätestens am Fünfzehnten bei Mr. Randall eintreffen. Im Vertrauen darauf, daß Sie

Ihre asiatischen Pläne nicht durch unbesonnene Maßnahmen gefährden wollen, bin ich

Ihr sehr ergebener

Fitzmaurice Throgmorton

PS: Zehntausend Dollar werden genügen. T.«

»Soso.« Papa rollte die Zigarre in seinem Mund herum und legte den Brief auf den Schreibtisch. »Kennen Sie ihn?«

»Noch nie von ihm gehört.« Und dann sagte Mr. Cayterer etwas sehr Überraschendes: »Ich habe ihm die Zehntausend geschickt.«

Papa verlieh seinem Erstaunen mit drei Worten Ausdruck, die ich hier nicht wiederholen muß. Meine Verwunderung war jedoch genauso groß wie die meines Vaters; es erschien absurd, daß ein Mann von Mr. Cayterers Kaliber sich einer so unverfrorenen Forderung gebeugt haben sollte.

»Sie sehen, er hat mich in der Hand«, verteidigte Mr. Cayterer seine Dummheit. »Mag sein, er weiß letztlich nichts und rät nur herum. Todsicher, daß er nichts beweisen kann. Aber das hat wenig zu besagen. Ein Hinweis, und die Sache platzt. Das Außenministerium sollte nichts gegen mich unternehmen, wenn es schlau ist! Doch da sind die rivalisierenden Tuchune, die Japaner, Russen, Briten und natürlich auch die eigenen Hintermänner meines Mannes. Alle werden sie wie eine Tonne Backsteine auf ihn niederstürzen, wenn sie den Braten riechen, noch bevor er so weit ist, den Abzug zu drücken.

Wenn er erst gewonnen hat, braucht es uns nicht mehr zu kümmern, in welches Geheul die anderen ausbrechen. Der Profit wird unser sein, und sie können sich die Lunge aus dem Halse kläffen, wenn sie meinen, es nützt ihnen was. Aber zum gegenwärtigen Zeitpunkt würde uns jeder Verdacht ruinieren. Was sollte ich also machen? Schweigegeld zu zahlen ist dumm, aber so stehen die Dinge nun mal: Da hängen Millionen drin, doch drei Zeilen in einer Zeitung können uns alles verderben. Was sollte ich sonst tun, als diesem Throgmorton sein Geld zu schicken und zu hoffen, er würde damit losziehen, um einen draufzumachen, und dabei irgendwem ins Messer rennen?«

»Haben Sie denn nicht mal den Versuch gemacht, die Burschen zu erwischen?« fragte Papa, dessen Gesicht und Stimme deutlich zeigten, wie wenig er von den Rechtfertigungen des Unternehmers hielt.

»Ja, ich hab es versucht, aber es hat mir wenig genützt. Ich schickte eine Mitteilung nach China, man solle sich ums japanische Ende kümmern, und nach Randall habe ich in Los Angeles suchen lassen, aber ohne Erfolg. Uns waren die Hände gebunden, weil wir das Postministerium nicht um Hilfe bitten konnten. Dann hörte ich zum zweitenmal von ihm.«

Er holte einen zweiten, dem ersten ähnlichen Brief hervor, in dem ihm Throgmorton für den Scheck dankte, seine Bitte um ein Zusammentreffen abschlug, empfahl, Mr. Cayterers Leute sollten im Interesse der Geheimhaltung ihre Nachforschungen nach seinen (Throgmortons) Angelegenheiten lieber einstellen, erklärte, mehrere unvorhergesehene Dinge hätten sich ergeben, die die Ausgabe von nochmals fünfundzwanzigtausend Dollar nötig machten, und Mr. Cayterer anwies, einen Scheck in dieser Höhe an B. J. Randall, postlagernd, Portland, Oregon, zu schicken.

»Und Sie?« fragte Papa.

»Habe ihn geschickt.«

»Soso. Was halten denn Ihre Partner – die anderen Mitglieder des Syndikats – von Ihrer Großzügigkeit?«

»Sie« – ein merkwürdiges Zögern war in der Stimme des Unternehmers, und er starrte auf einen entfernt stehenden Sessel – »wissen noch nichts davon. Haben Sie an den Briefen etwas bemerkt – etwas Eigentümliches?«

»Amerikanisches Papier, aber das beweist nichts.«

»Die Handschrift – « Mr. Cayterer löste den Blick von dem Sessel und sah Papa und mich mit den Augen eines Redners an, der sein Publikum gleich in höchstes Erstaunen versetzen wird. »Die Handschrift ist meine.«

Ich erwiderte darauf nichts, wogegen Papa »Soso« sagte.

»Tatsächlich. Nicht genau meine, verstehen Sie, aber – tja, sie ist ungefähr so, wie meine wäre, wenn ich versuchte, sie zu verstellen und damit nicht allzugut zu Rande käme.«

»Und deshalb haben Sie die Briefe den anderen nicht gezeigt?«

»Ja, oder vielmehr, das ist einer der Gründe. Sie hätten denken können, ich versuchte, sie reinzulegen. Dabei war ich sowieso eher geneigt, den Verlust hinzunehmen und den Mund zu halten. Ein paar Mitglieder des Syndikats könnten nur zu leicht vor Schreck die Lust an der Sache verlieren.«

»Mr. Cayterer«, leistete ich meinen ersten Beitrag zum Gespräch, »Sie haben diese Briefe natürlich nicht selbst geschrieben, oder?«

»Was?« Sein Gesicht war plötzlich geröteter als Papas, und in seinem offenen Mund war ziemlich viel Zahntechnik zu bewundern. »Was zum ...«, sagte er, »glauben Sie eigentlich von mir?«

»Nimm dich zusammen, Robin!« befahl Papa scharf.

»Das ist ein Punkt, den man nicht außer acht lassen sollte«, beharrte ich, ohne mich einschüchtern zu lassen, »und ich würde gerne eine Antwort hören.«

Der Unternehmer fegte seine Zigarre vom

Tisch, auf den sie gefallen war, als sein Mund so plötzlich aufklappte, und sah mich an, als wäre ich irgendein nicht sehr sympathisches Etwas, dem er zum erstenmal begegnete.

»Sie haben's erraten«, fügte er sich schließlich meiner Frage. »Ich habe sie natürlich nicht geschrieben.«

»Danke, Mr. Cayterer«, und damit fiel ich wieder in Schweigen.

»Was kam dann?« fragte Papa den Unternehmer, während er mir einen finsteren Blick zuwarf.

»Ein weiterer Brief, gestern, der hier.«

Es war wieder dieselbe Handschrift, der Brief war mit Fitzmaurice Throgmorton unterzeichnet und abgestempelt in Kobe, Japan; und in ihm wurde verlangt, daß ein Scheck über einhunderttausend Dollar an den allseits bekannten Randall, postlagernd, Spokane, Washington, geschickt werden sollte.

»Wieder schwach geworden?«

»Nein!« Mr. Cayterer setzte sich sehr gerade hin, schloß den Mund so fest, daß das Fleisch über seinen Kieferknochen bauchig hervortrat, und schlug mit seiner gut gepolsterten Hand ein wenig theatralisch auf die Schreibtischplatte. »Ich hab genug gezahlt. Jetzt bezahle ich Sie. Fassen Sie diese Leute. Sagen Sie ihnen, mit dem, was sie gekriegt haben, können sie machen, was sie wollen, aber mehr gibt's nicht.

Wenn sie die Sache auffliegen lassen – in Ordnung! Dafür kann's Gefängnis geben!«

Papa war nicht derjenige, der sich von Rhetorik oder Leidenschaft oder erregten Gesten sehr beeindrucken ließ.

»Und angenommen, sie lachen mich aus, wenn ich ihnen damit komme?« wollte er wissen. »Muß ich dann zugeben, daß ich bloß geblufft habe, oder wollen Sie tatsächlich, daß die Leute ins Kittchen wandern?«

Mr. Cayterer legte seine bleiche Stirn in Falten und rieb sich sein fleischiges Kinn mit eben der Hand, mit der er kurz zuvor noch so nachdrücklich auf den Schreibtisch geschlagen hatte.

»Also, ich will auf jeden Fall nicht mit Geld wie mit Konfetti um mich werfen. Wenn es Ihnen nicht gelingt, den Leuten angst zu machen, nehm ich an, werd ich wohl was zahlen müssen. Es schmerzt, wie ein Trottel hingestellt zu werden, aber in der Sache hängt zuviel Geld, um jetzt falschen Stolz zu zeigen. Finden Sie sie und tun Sie, was Sie können. Sie wissen, wie man solche Leute behandelt, Thin. Aber denken Sie dran, kein Aufsehen – die Leute von der Bundespolizei dürfen nicht reingezogen werden!«

»Hmm. Nun zu den Mitgliedern Ihres Syndikats – wer sind sie?«

»Ist das nötig?«

»Ja. Ich will nicht mit verbundenen Augen arbeiten.«

Mr. Cayterer sah auf die Platte seines Schreibtischs, räusperte sich, schmollte klagend seinen Schreibtisch an, räusperte sich noch einmal und sagte:

»Na schön. Tom Aston von der Golden Gate Trust Company, Kapitän Lucas von der Reederei Lucas-Born und Murray Tyler und Richter DeGraff von der gleichnamigen Anwaltskanzlei.«

»Soso. Und wer außer Ihnen und diesen Leuten weiß noch von dem Komplott?«

»Niemand sonst weiß von dem – dem Plan. Meine Sekretärin natürlich und mein Neffe, aber die – «

»Was ist mit dieser Sekretärin? Sie meinen das Mädchen, das bei Ihnen war, als wir herkamen?«

»Ja, aber Sie können sie in dieser Angelegenheit außer acht lassen. Miss Brenham ist seit zwei Jahren bei mir angestellt, was vielleicht nicht so furchtbar lange ist, aber mir reicht es, um zu wissen, daß sie durch und durch vertrauenswürdig ist.«

»Soso.« Wie wenig Papa auf die Meinung unseres Mandanten gab, war aus der Betonung, die er seinem Lieblingsausdruck verlieh, fast überdeutlich herauszuhören. »Und der Neffe?«

»Ford – Ford Nugent heißt er – ist der Sohn

meiner Schwester. Seine Eltern sind tot. Ist ein junger Heißsporn, sicher, aber ich denke, kein Mensch hat jemals an seiner Ehrlichkeit gezweifelt. Hat sich ziemlich viel rumgetrieben und kennt Asien, deshalb hab ich ihn ja auch eingespannt, als die Sache anfing, weil er für mich nach drüben soll, um ein Auge auf alles zu haben, sobald der Plan in Gang gesetzt wird.«

»Und Ihre übrigen Angestellten?«

»Sie wissen von alldem überhaupt nichts.«

»Sie meinen, Sie denken, sie wissen nichts. Wer sind sie?«

»Also, da ist erst mal John Benedick, mein Bürovorsteher, der jetzt bereits zehn Jahre oder länger bei mir ist, Carty, mein Buchhalter, zehn Jahre, und Fraser und Ert, Büroangestellte, und Ralph, der Laufbursche, Miss Brenhams Bruder und Petrie, ein technischer Zeichner, Miss Zobel, Stenografin und Registratorin. Es gibt noch mehr, aber das sind Leute im Außendienst, von denen keiner hier im Büro war, seit der chinesische Plan aufs Tapet gekommen ist. Doch auch von denen, die ich genannt habe, kann unmöglich einer was darüber wissen.«

»Wir werden ihre Adressen brauchen«, sagte Papa, als habe Mr. Cayterer seine Garantien nie geäußert, »und auch die von Ihrem Neffen. Nun zu Ihrem großen Unbekannten in China.«

»Was wollen Sie wissen?«

»Würde er Sie reinlegen?«

»Wozu?« Mr. Cayterer war voller Hohn. »Ich hab schließlich vor, ihm Dollars zu geben, wo diese Erpresser Pennys bekommen!«

»Aber was ist mit seinen Leuten?«

»Da ist was dran. Das Leck muß auf seiner Seite sein. Aber er kann dort besser aktiv werden als wir, und wir können sicher sein, daß er sich um die Sache kümmert. Er läßt sich von niemandem hinters Licht führen!«

»Was ließ er verlauten, als Sie ihm von dem Leck berichteten?«

»Er teilte mir mit, ich solle die geforderte Summe zahlen und sie von den für ihn bestimmten Geldern abziehen, und er versprach, wenn das Problem auf seiner Seite liege, gäb's keine großen Umstände.«

»Soso. Die zwei Schecks von Ihnen – sind die schon bei der Bank eingelöst worden?«

»Nein, bis heute morgen um zehn noch nicht.«

»Haben Sie bereits Gelder des Syndikats an den Tuchun geschickt?«

»Nein. Die erste Rate hätte heute abgehen sollen, aber ich möchte sie nicht abschicken, solange ich keine Vorstellung davon habe, wie die Sache für uns ausgeht.«

»Das finde ich in Ordnung so«, entschied Papa. »Ich an Ihrer Stelle würde dabei bleiben, bis wir sehen, was wirklich hinter allem steckt. Ist dieser Neffe von Ihnen im Hause?«

»Im Augenblick nicht. Heute nachmittag wird er hier sein, wenn Sie mit ihm sprechen möchten. Aber Sie könnten mich ebensogut dafür beim Wort nehmen, daß Ford okay ist.«

»Weiß er von diesen Erpresserbriefen?«

»Ja.«

»Was hat er dazu gesagt?«

»Er riet mir, auch nicht einen Nickel zu zahlen. Er ist eben noch ziemlich jung.«

»Soso. Bitten wir mal das Mädchen rein.«

Mr. Cayterer drückte auf einen der vielen dunklen Knöpfe auf seinem Schreibtisch, und fast im selben Augenblick ging die Tür auf, um der Sekretärin Einlaß zu gewähren, die ihre blauen Augen aufmerksam auf ihren Brötchengeber gerichtet und Bleistift und Notizblock im Anschlag hielt.

»Kein Diktat, Miss Brenham. Mr. Thin möchte über die chinesische Angelegenheit mit Ihnen reden. Ich habe ihn engagiert, damit er sie für mich ins reine bringt.«

»Oh, ja, Mr. Cayterer«, sagte sie und richtete ihren Blick auf Papa und mich.

»Möchten Sie sich nicht setzen, Miss Brenham?« bot ich ihr den Stuhl an, von dem ich mich erhoben hatte.

»Oh, danke!«

»Was halten Sie von dieser Sache mit Throgmorton?« fragte Papa, während ich mir einen anderen Stuhl suchte.

Sie sah fragend zu ihrem Chef hinüber, der sagte: »Ich möchte, daß Sie Mr. Thins Fragen so beantworten, als würde ich sie Ihnen stellen, Miss Brenham.«

»Ich finde, es ist eine Schande«, rief sie, wobei sie ihre einzigartig sanften, blauen Augen strahlend auf Papas Gesicht richtete, »wenn Mr. Cayterers wunderbare Pläne auf eine solche Art und Weise gestört werden sollten!«

Ich wußte, Papa würde das nicht gefallen, und so war es auch.

»Sehr bedauerlich«, stimmte er ihr in einem Tonfall zu, der sein völliges Desinteresse an ihrer Meinung zu erkennen gab, »aber das ist eigentlich nicht das, was ich von Ihnen hören wollte. Wo ist Ihrer Meinung nach das Leck?«

»Tja, Mr. Cayterer meint, daß – «

»Einen Augenblick. Mr. Cayterers Ansichten können richtig oder sie können falsch sein. Ich kenne sie bereits. Was ich hören möchte, sind Ihre eigenen Gedanken, so Sie welche haben. Glauben Sie, das Leck ist hier im Büro?«

»Oh, nein, Sir! Ich denke, die Tatsache, daß die Briefe aus Japan kommen, beweist, daß das Leck, wie Sie es nennen, dort drüben sein muß.«

»Der Erpresser könnte dort einen Komplizen haben«, bemerkte Papa. »Tatsache ist aber doch, nicht wahr, daß das Erpressungsgeld bei uns im Land gezahlt werden soll.«

Die junge Frau sah zu Mr. Cayterer hinüber,

der sich gerade eine neue Zigarre anzünden wollte, dabei innehielt und zustimmte: »Da haben Sie recht, Thin.«

»Oh, natürlich!« Miss Brenhams Blick trug deutliche Bewunderung von einem Gesicht zum anderen. »Darauf wäre ich nie gekommen!«

»Haben Sie mit irgend jemandem über Mr. Cayterers Pläne gesprochen?« fuhr Papa fort.

»Oh, nein, Sir! Mit niemandem!«

»Das stimmt nicht. Ich habe Sie gefragt, ob Sie mit *irgend* jemandem darüber gesprochen haben – und nicht mit jemandem außer diesem und jenem.«

»Oh, mit Mr. Cayterer und Mr. Nugent, aber sonst mit keinem. Ich rede bestimmt nie über Mr. Cayterers Angelegenheiten, und er hatte mir in dieser Sache auch besondere Vorsicht auferlegt.«

Papa stand auf und sagte zu Mr. Cayterer: »Verschaffen Sie uns diese Liste.«

»Danke, Miss Brenham«, sagte ich herzlich, als sie und ich aufstanden – ich war bemüht, Papas Ruppigkeit ihr gegenüber wieder wettzumachen. Ehe sie noch antworten konnte, hatte Mr. Cayterer sie schon instruiert: »Miss Brenham, würden Sie bitte eine Liste mit den Namen und Adressen aller Büroangestellten anfertigen?«

»Inklusive Nugent und aller ehemaligen Angestellten, das heißt aller, die, sagen wir mal, in den letzten drei Monaten hier aufgehört haben«, setzte Papa hinzu.

»Oh, so was kommt bei uns nicht vor, nicht wahr, Mr. Cayterer?«

»Nein.«

»Wann heute nachmittag wird Nugent hiersein?« fragte Papa, während wir darauf warteten, daß die junge Frau mit der Liste zurückkam.

»Um drei.«

»Wir kommen dann wieder her, um mit ihm zu sprechen.«

»Sehr gut. Ich werde zwar weg sein, aber ich hinterlasse ihm eine Nachricht, daß er auf Sie warten soll.«

Ein paar Minuten später brachte Miss Brenham die Liste, und Papa und ich nahmen sie und verließen das Büro.

»Was hältst du von der Sache, Robin?« fragte mich Papa auf der Straße.

»Ich bin nicht ganz davon überzeugt, daß es klug von uns war, den Auftrag anzunehmen«, antwortete ich. »Moralisch, wenn nicht gar juristisch, haben wir uns zu Komplizen von Mr. Cayterers chinesischer Unternehmung gemacht, und die, wie du natürlich weißt, verletzt klar und deutlich –«

»Genug!« Papas Stimme war so schneidend, daß ein Mann unmittelbar vor uns zusammenfuhr, sich mit erschrockenen Augen nach ihm umsah und zur Bordsteinkante hin auswich, um ihm Platz zu machen. »Was hältst du von dieser Brenham?« fuhr Papa in gemäßigterem Ton fort.

»Ich denke, unsere Miss Queenan könnte sich von ihr eine ganze Scheibe abschneiden, wenn's darum geht, wie sich eine Sekretärin zu verhalten hat.«

»Soso, das denkst du – « Papa blieb abrupt mitten auf dem Bürgersteig stehen. Der Mann, den er kurz zuvor so verschreckt hatte und der nun hinter ihm war, prallte gegen ihn und suchte vor seinen finsteren Blicken hastig das Weite, als wäre sein Leben in Gefahr. »Deshalb also hackst du ständig auf Florence herum.« Papa richtete seinen Blick auf mich. »Sie bukkelt und kratzt wohl nicht genug! Ich will dir mal was sagen, junger Mann, sollte sie jemals versuchen, mich derart einzuseifen, wie diese Brenham es mit Cayterer macht, liest sie schon am nächsten Tag die Spalte ›Stellenangebote weiblich‹! Ich mag diese Brenham nicht«, fuhr er fort, während er sich erneut in Richtung unseres Büros in Bewegung setzte. »Eines schönen Tages macht sie Cayterer fertig. Ein Luder!«

Ich sagte nichts. Jeder Versuch, Miss Brenham gegen diese unsinnige Kritik zu verteidigen, hätte nur Papas Abneigung gegen sie gesteigert.

»Ich werd dir was über Cayterer und seine Sekretärinnen erzählen: Er sagt, die hier hätte er schon zwei Jahre. Das ist ein absoluter Rekord für ihn. Er und seine Sekretärinnen, das war früher schon ein Standardwitz. Keine blieb länger als drei, vier Monate, und alles waren Mädchen, wo man sofort noch mal hinsah. Den Rest reim dir selbst zusammen. Und hab ein wachsames Auge auf die hier. Sie ist falsch!«

Ich unterließ es, ihm zu widersprechen, obgleich mein Verhalten ihm sagen mußte, daß ich weit davon entfernt war, mich dem anzuschließen, was ich für eine völlig unbegründete Abneigung gegen eine junge Frau hielt, deren Verhalten auf mich einen so günstigen Eindruck gemacht hatte.

»Am Nachmittag solltest du dir ansehen, was Ford Nugent für einer ist«, sagte Papa, als wir unser Gebäude betraten, »und wenn du diese Frau noch mal triffst, laß dich nicht von ihr einwickeln.« Und er fügte, typischerweise, hinzu: »Sie ist falsch!«

»Ja, Sir«, erwiderte ich ruhig.

Es war Viertel nach drei, als ich wieder in Cayterers Büro stand.

»Ist Mr. Nugent da?« fragte ich den Jungen, der uns am Morgen hereingelassen hatte.

»Ja, Sir. Sie sind Mr. Thin? Ja, er ist in Mr. Cayterers Zimmer. Sie können gleich nach hinten durchgehen.«

Das tat ich, und, der Anweisung entsprechend, öffnete ich die Tür zum persönlichen Büro des Unternehmers, ohne vorher anzuklopfen, eine Freiheit, die ich mir ansonsten nicht genommen hätte und die ich sogleich bedauerte, allerdings war mein Bedauern später etwas geringer. Ich öffnete also die Tür und überraschte Miss Brenham dabei, wie sie geküßt wurde und offenbar auch zurückküßte, nämlich einen aufgeschossenen jungen Mann mit krausem, braunem Haar über einem sonnengebräunten schmalen Gesicht.

Sie, die Beteiligten an diesem ausgesprochen ungeschäftsmäßigen Tableau, standen neben Mr. Cayterers Schreibtisch, hatten ihre Arme vertraulich umeinandergeschlungen und ihre Gesichter – nach der recht beträchtlichen Zeit, die ihre Muskeln brauchten, um auf das Schnappen der Tür zu reagieren – mir zugewandt.

Die junge Frau löste sich mit einem Satz zur Seite von ihrem – soll ich sagen: Komplizen? –, während dieser mich ansah, als wenn er mich nicht mochte.

»Ich bitte um Entschuldigung!« rief ich aus.

»Das sollten Sie auch.«

Die weiße Linie einer Narbe, die diagonal über die dunkle Stirn des jungen Mannes verlief, gab ihm, da seine Züge sich vor Ärger verfärbt hatten, ein besonders finsteres Aussehen, was jedoch dadurch gemildert wurde, daß dem Gesicht jegliche Brutalität abging.

»Mein Kommen war mit Mr. Cayterer abgesprochen.« Ich wollte nicht verdächtigt werden, absichtlich spioniert zu haben. »Und der Junge sagte mir, ich solle einfach hineingehen. Ich versichere Ihnen, andernfalls hätte ich nicht gewagt, hier so hereinzukommen, und es war gewiß nicht meine Intention, meine Absicht, in – in einem solchen Augenblick zu stören.«

Der junge Mann zwinkerte mit seinen grauen Augen und richtete sie auf Miss Brenham, die, bezaubernd rosig im Gesicht, Papiere vom Schreibtisch ihres Arbeitgebers aufsammelte. Als er wieder zu mir herübersah, zwinkerte er nicht mehr, und auf seinem Gesicht lag ein schwacher Anflug von Humor.

»Sind Sie der Schnüffelheini?«

Ich nickte, wenn mir auch die Worte, die er gewählt hatte, nicht besonders lagen.

»Das ist ja nicht zu fassen.« Er betrachtete mich langsam und eingehend von Kopf bis Fuß. »Sie sollen nämlich sehr gut sein! Ich habe allerdings noch keinen getroffen, der weniger wie einer aussah, handelte und redete, und ich habe schon ein *paar* kennengelernt – bin von einigen sogar eingelocht worden.«

»Sie sind Mr. Nugent?« fragte ich, ohne seinem Eingeständnis Beachtung zu schenken, das ihm gewiß keine Ehre machte.

»Ja, und Sie sind Thin. Setzen Sie sich, und sprechen wir uns aus.«

Er setzte sich in Mr. Cayterers Sessel, ich nahm den, in dem am Morgen Papa gesessen hatte, und Miss Brenham verließ mit ihren Papieren in der Hand das Büro und schloß leise die Tür hinter sich.

Das folgende Gespräch war recht unergiebig, da der junge Mann sich hartnäckig weigerte, mir irgend etwas Nützliches über sich mitzuteilen.

»Sie können alles über mich von Onkel Hop erfahren«, beharrte er. »Ich würde Ihnen nichts erzählen, was er nicht wissen dürfte, und er weiß alle Fakten, von denen ich möchte, daß sie publik werden.«

»Aber das hier ist eine ernste Angelegenheit, Mr. Nugent, und eine Zurückhaltung, die unter normalen Umständen vielleicht vollkommen richtig und vertretbar wäre, ist in diesem Fall, und ich denke, da müssen Sie mir zustimmen, völlig unpassend.«

Er drehte seine Zigarette fertig, zündete sie an und zog als Stütze für seine Füße eine Schublade aus dem Schreibtisch.

»Ernst ist die Sache für Onkel Hop und vielleicht auch für Sie, aber nicht für mich. Ich bin nur der Lohnarbeiter. Für mich liegt hier eine Reise, vielleicht etwas Aufregung und mein Gehalt drin. Und jedes Durcheinander kommt mir gerade recht, weil es die Aufregung und damit womöglich auch mein Gehalt erhöht.« Er unterstrich die Illoyalität dieser unverantwortlichen Rede, indem er sichtlich unbekümmert durch eine ausgepustete Wolke Zigarettenrauch hindurchgrinste. »Erwarten Sie also nicht, daß ich wegen Ihrer Probleme Bauchschmerzen kriege.«

»Vor wenigen Augenblicken, Mr. Nugent, haben Sie davon gesprochen, Sie wären verhaftet, ›von einigen eingelocht worden‹, das waren, glaube ich, Ihre Worte, womit Sie wohl Detektive meinten. Hätten Sie was dagegen, mir das näher zu schildern?«

»Kommt nicht in Frage, alter Knabe!« Er war, das habe ich vergessen zu sagen, nicht älter als sechs- oder siebenundzwanzig, was also bedeutete, daß er etwa fünf Jahre jünger als ich und sein »alter Knabe« einfach lächerlich war. »Wir Kriminellen ziehen nicht in der Gegend rum und protzen mit unseren Strafregistern.«

Das Gespräch war wirklich sehr unbefriedigend: Er weigerte sich trotz aller Überzeugungskraft, die ich aufzubringen vermochte, mich auch nur im geringsten zu unterstützen, wobei er gegenüber den Schwierigkeiten seines Onkels völlige Gleichgültigkeit zu erkennen gab und bei seiner Behauptung blieb, er sei an nichts als an seiner Bezahlung interessiert und an der Tatsache, daß es möglicherweise die Chance gebe, wie er es formulierte, irgend jemanden zu erschießen. Nach einer Dreiviertelstunde fand ich, ich hätte mehr als genug von seinem Unsinn, und beendete, ohne einen über die normale Höflichkeit hinausgehenden Versuch zu machen, mein Mißfallen zu verbergen, das Gespräch und zog mich zurück.

In Papas Büro fand ich ihn und Miss Queenan über eine Nachmittagszeitung gebeugt, die sie auf seinem Schreibtisch ausgebreitet hatten. Pflicht einer unserer Stenotypistinnen war es, sorgfältig alle Tageszeitungen zu lesen und Meldungen, die für uns von Interesse sein konnten, auszuschneiden und abzuheften, das heißt Meldungen, die sich um Verbrechen oder Leute drehten, die in Verbrechen verwickelt oder von ihnen in Mitleidenschaft gezogen worden waren oder möglicherweise werden würden. Auf diese Weise hatten wir uns im Laufe der Jahre eine in ihrer Art wirklich wertvolle Bibliothek aufgebaut. Doch als ich mich jetzt Papas Schreibtisch näherte, sah ich, was ich in der Tat geargwöhnt hatte, denn es war nicht ungewöhnlich, daß das, was Papas und Miss Queenans Aufmerksamkeit in Anspruch nahm, nichts mehr und nichts weniger als die Witzseite war.

»Wenn du nicht aufhörst, hinter allem, was ich tue, herzuschnüffeln, schlag ich mit irgendwas zurück, Robin!« Papa blickte von seiner –

soll ich sagen: seichten? – Unterhaltung auf, um mir zu drohen. »Hast du Nugent gesprochen?«

»Ja, Sir, allerdings ohne großen Erfolg. Meiner Meinung nach ist er ein recht unverantwortlicher, um nicht zu sagen dummer junger Mann, mit dem zu sprechen höchstens witzig war.«

»Soso. Ich hab ein paar Dinge über ihn rausbekommen. Verließ das College, um sich während des Kriegs freiwillig zu melden. Blieb allerdings, bis der Krieg zu Ende war, in Trainingscamps. Verlegte anschließend seine Ausbildung nach Südamerika, Asien und auf den Balkan und setzte sie bei jeder kriegerischen Auseinandersetzung ein, die sich finden ließ. Verbrachte letztes Jahr zwei Monate in Japan. Hat keine Verwandten außer Cayterer, keinen Job außer Soldatspielen, kein Geld.«

»Das ist sehr schön, Sir«, sagte ich. »Ich bin ebenfalls auf etwas gestoßen. Als ich Mr. Cayterers Büro betrat, befaßten sich Nugent und Miss Brenham mit – tja, ziemlich eindeutigen Liebesbezeigungen.«

Miss Queenan hob mit einem Ruck den Kopf, um ihr kurzes, braunes Haar aus dem Gesicht zu werfen, und ihre Augen funkelten geheimnisvoll. »Sie meinen, sie küßten sich?«

»Stimmt, Miss Queenan.«

»Soso«, grunzte Papa. »Das könnte sich als nützlich erweisen, andererseits ist es nicht sehr von Belang, wenn ein junger Mann die Sekretärin seines Onkels küßt. Auch wenn er sie nicht küssen würde, könnte es etwas bedeuten.«

»Ist sie hübsch?« fragte Miss Queenan.

»Fragen Sie Robin. Meiner Meinung nach ist sie falsch!«

»Sie ist«, sagte ich unparteiisch, »dem Äußeren nach recht attraktiv.«

»Ich wette, eine Blondine!«

Darauf antwortete ich nicht, da die Zweckdienlichkeit ihrer Schlußfolgerung mir ebenso verborgen blieb wie der Weg, auf dem sie zu ihr gelangt war.

»Hören Sie mal, Mr. Thin« – Miss Queenan sprach Papa und mich nach wie vor so an, aber zufällig wußte ich, daß sie anderen gegenüber gewöhnlich sogar auf diese letzte Schranke zwischen Arbeitgeber und Arbeitnehmer verzichtete – »Sie werden doch nicht etwa Mr. Cayterer davon erzählen?«

»Warum denn nicht?« fragte ich, obwohl ich sie viel lieber danach gefragt hätte, mit welchem Recht sie mir Fragen über meine Pläne stellte; aber das hätte zum Streit mit Papa geführt, der sie bewußt dazu aufforderte, sich in unsere Angelegenheiten einzumischen.

»Naja, weil – weil es ihn nichts angeht. Oder?« suchte sie Papas Unterstützung.

»Absolut nichts«, stimmte ihr Papa zu und tat sehr überzeugt. Aber daß er es ehrlich meinte, war absurd, das wußte ich; er wollte lediglich nicht mit mir gegen Miss Queenan gemeinsame Sache machen, trotz all der Albernheiten, die er auf diese Weise so oft zu verteidigen hatte.

»Ich denke, es geht ihn sehr wohl etwas an«, behauptete ich meinen Standpunkt. »Er hat uns engagiert, um für ihn Erkundigungen über seine Angelegenheiten einzuholen, und derartige von uns möglicherweise eingeholte Erkundigungen sind damit sein Eigentum.«

»Ich staune, Mr. Thin! Und Sie wollen ein Dichter sein!«

»Miss Queenan, es stimmt, daß ich aus Neigung und Berufung ein Dichter bin, aber es stimmt auch, daß ich auf elterlichen Druck hin Detektiv wurde, und da das jetzt nun mal mein Beruf ist, habe ich die Absicht, dabei so tüchtig und gewissenhaft wie nur möglich zu sein. Daß mir bestimmte Aspekte dieser Arbeit unangenehm sind, ja schon immer waren, das ist, glaube ich, kein Geheimnis, aber ich möchte mich auf keinen Fall vor ihnen drücken.«

Papa applaudierte mit übertriebener Herzlichkeit, indem er geräuschvoll in die Hände klatschte.

»Ganz mein Sohn, Florence!« prahlte er mit dem gespielten Stolz, den er so gern zur Schau trug. »Kaltblütig wie eine Kaulquappe! Toller Hecht, was?«

»Wissen Sie, was ich glaube?« sagte sie. »Ich glaube, er ist in diese Miss Brenham verknallt und verpetzt Nugent einfach aus Eifersucht!«

»Das mag sein.« Was sollte man schon zu so einer idiotischen Unterstellung sagen? »Dennoch bin ich der Ansicht, daß ich in meiner Pflicht nachlässig wäre, würde ich Mr. Cayterer diese oder irgendeine ähnliche Information verheimlichen, und so werde ich ihn zweifellos in Kenntnis setzen.«

Was ich am nächsten Morgen im Büro des Unternehmers dann auch tat.

»Absolut keine Überraschung«, sagte er in tiefem Brustton und rollte eine Zigarre in seinen Händen, sich der beträchtlichen Beschädigung, die er ihr dabei zufügte, offensichtlich nicht bewußt. »Ich vermutete etwas dieser Art. Das ändert überhaupt nichts an der Sache. Ich habe beschlossen, Ford mit dem heutigen Nachmittagsschiff nach China zu schicken. Mit dem Leck hat das sicher nichts zu tun, darauf können Sie sich verlassen. Gab's sonst noch was?«

Es gab sonst nichts: Ich verneinte und verließ das Büro, wobei ich vom Laufjungen noch kurz in Erfahrung brachte, daß Nugent bisher nicht eingetroffen sei. Im Foyer des Gebäudes betrat ich eine Telefonzelle und bekam Papa an die Leitung.

»Ich möchte Nugent überwachen, kann es aber natürlich nicht selbst machen, weil er mich kennt. Kannst du mir einen der Männer überlassen?«

»Ja. Smitts ist verfügbar. Wo bist du?«

»Im Seaman's National Bank Building. Unten im Foyer von Cayterers Bürogebäude.«

»In Ordnung. Ich schick dir Smitts rüber.«

Ich hatte gehofft, daß Smitts vor Nugent eintreffen würde, um ihm den jungen Mann einfach zeigen zu können und damit diesen Teil der Überwachung bereits erledigt zu haben, aber leider betrat Nugent gerade den Fahrstuhl, als ich aus der Telefonzelle kam. Fünf Minuten später traf Smitts ein, einer der Männer, die Papa und ich von Zeit zu Zeit beschäftigen, ein kleiner, rotblonder Bursche mit verfrühten, tiefen senkrechten Falten in den Wangen und wäßrigen, blassen Augen, die erstaunlich scharf zu beobachten vermochten.

»Smitts, ich möchte, daß Sie einen Mann beschatten. Er heißt Ford Nugent, und aller Wahrscheinlichkeit nach dampft er heute nachmittag nach China ab. Ich möchte wissen, was er von jetzt ab bis dahin tut. Rufen Sie mich vom Pier an, sobald er dort eintrifft.«

»Gemacht«, versprach er.

»Sehr schön. Beziehen Sie besser gleich Ihren Posten vorn an der Tür zur Straße, damit er uns nicht zusammen sieht. Wenn er nachher aus dem Fahrstuhl kommt, werde ich ihn ansprechen und dann so tun, als wollte ich nach oben zu seinem Büro fahren. Und Sie beschatten ihn.«

Dieser Plan war jedoch nicht einzuhalten: Als Nugent schließlich aus dem Fahrstuhl trat, war er in Begleitung von Miss Brenham, und er hielt mich am Arm fest, als ich ihn ansprach.

»Wie geht's, Mr. Thin?« begrüßte er mich ausgelassen. »Und wie geht's all den kleinen Rätseln?«

Er schien recht gut gelaunt zu sein, zweifellos wegen der bevorstehenden Reise nach China und der damit verbundenen »Chance, jemanden zu erschießen«.

»Guten Morgen, Miss Brenham. Guten Morgen, Mr. Nugent«, erwiderte ich.

»Haben Sie ein, zwei Stunden Zeit?« fragte er, und als ich zögerte: »Ich meine nicht, um sie zu vertrödeln. Ganz im Gegenteil, wenn Sie uns begleiten und versprechen, sich nicht einzumischen und bei uns zu bleiben, bis erledigt ist, was wir vorhaben, verspreche ich, Ihnen etwas über Ihr Leck zu erzählen.«

»Und worin bestünde dieses Etwas?« fragte ich, wobei ich Miss Brenham ansah, deren blaue Augen mit einiger Verwirrung fest auf das Gesicht ihres Begleiters gerichtet waren.

»Es wird etwas sein, was Ihnen Ärger erspart, Sie vielleicht davor bewahrt, den falschen Weg einzuschlagen, allerdings möchte ich nicht behaupten, daß damit alles aufgeklärt sein wird.«

»Sehr gut«, stimmte ich zu, »unter dieser Bedingung begleite ich Sie.«

»Gut!« Mit der einen Hand packte Nugent mich am Ellbogen, mit der anderen Miss Brenham und drängte uns zum Ausgang. »Wir müssen uns beeilen!«

Als wir in der Vorhalle an Smitts vorbeikamen, schüttelte ich leicht den Kopf, um ihm zu signalisieren, daß er uns nicht folgen solle, dann stiegen wir in ein Taxi, das an der Bordsteinkante wartete. Nugent nannte dem Fahrer eine Nummer in der Post Street.

»Sie haben Onkel Hop also erzählt, was Sie gestern gesehen haben?« fragte er, als sich das Taxi in den nach Westen fließenden Verkehrsstrom auf der Market Street schob. Seine Stimme klang unbekümmert, allerdings konnte ich sehen, daß Miss Brenham mich gespannt beobachtete.

»Ja. Daran war nichts zu ändern. Wir hatten vereinbart, Mr. Cayterer über alle Erkenntnisse zu unterrichten, und so ging es nicht anders.«

»Trotzdem«, sagte die junge Frau sanft, »war es nicht nett.«

»Bleiben Sie bei uns«, lachte Nugent, und die Narbe auf seiner Stirn ringelte sich an ihren Enden zusammen und verlieh seinem Lachen einen sardonischen Akzent, »und Sie werden ihm noch ganz was anderes erzählen können.«

Die Nummer in der Post Street gehörte zu

einem großen Wohnhaus, in dem Nugent verschwand, während er Miss Brenham und mich im Taxi warten ließ. Ich nutzte die Gelegenheit, um sie in ein Gespräch zu ziehen.

»Weiß Mr. Cayterer, was Sie vorhaben, Miss Brenham?«

»Noch nicht.«

»Denken Sie, er wird es billigen?«

»Das glaube ich nicht. Und es ist mir auch egal, ob er es tut. Ich hoffe, er tut's nicht! Ich gehe nicht wieder zu ihm zurück – nie mehr. Ich bleibe bei Ford. Gott sei Dank hab ich das hinter mir!«

»Na, na, Miss Brenham«, protestierte ich, denn sie war erstaunlich heftig geworden, »ganz so schlimm kann's doch wohl nicht gewesen sein, bei Mr. Cayterer angestellt zu sein.«

»Es war noch viel schlimmer. Sie haben ja keine Vorstellung, Mr. Thin! Sie haben – Sie haben doch sicher davon gehört, wie schwer es für ihn war, eine Sekretärin zu halten, daß keine länger als ein paar Wochen blieb, bis ich zu ihm kam?«

»Ja, Miss Brenham, das habe ich gehört.«

»Und Sie haben eine Vorstellung, woran das liegen mag?«

»Nein, Miss Brenham«, sagte ich, »die habe ich nicht.«

»Na, ich vermute, Sie haben schon genug Ansichten darüber gehört. Und es wäre besser, es wär wirklich so, aber das ist es nicht. Es gibt keine – keine menschlichen Beziehungen zwischen Mr. Cayterer und seinen Sekretärinnen. Eine Sekretärin ist für ihn ein – ein Pulikum oder, wie Ford sagt, jemand, vor dem er sich aufplustern kann. Darum hat es niemand lange bei ihm ausgehalten. Früher oder später mußte man ihn unweigerlich durchschauen, und wenn man ihn das merken läßt – und er ist schlau genug, es zu merken –, dann setzt er einen an die Luft.«

»Nun mal sachte, Miss Brenham, Mr. Cayterer ist doch kein – «

»Ich weiß! Er ist durchaus kein vollkommener Dummkopf. Aber das ist es ja, was die Sache so ekelhaft macht. Er kann – er tut wirklich bemerkenswerte Dinge, bedeutende Dinge. Aber Sie sollten ihn mal sehen, wenn er sich darauf vorbereitet! Unentschlossenheit und Ängstlichkeit verbergen sich zunächst hinter einer gewissen Nachlässigkeit. Und dann fängt er an zu reden, zu prahlen, sich zu spreizen, zunächst aus Spaß, damit er zu nichts verpflichtet ist, falls er nicht genug Mut aufbringt, die Sache durchzuführen.

Und das ist der Punkt, wo die Rolle seiner Sekretärin beginnt. Sie muß ihn verblüfft und mit großen Augen anstarren. Dann beginnt er, ein mögliches Vorhaben zu skizzieren, das vor allem dazu da ist, so scheint es fast, unsereinen in Staunen zu versetzen. Und jedesmal, wenn man erstaunt nach Luft schnappt, drückt er den Brustkorb weiter raus und setzt ein noch gewagteres Detail hinzu, bis er schließlich einen Plan zusammenhat, der wirklich ein Wunder an Verwegenheit darstellt, und was noch wichtiger ist, dann hat er sich in eine Stimmung hineingesteigert, die ihn in die Lage setzt, die Sache auch durchzuführen.

Und die ganze Zeit weiß seine Sekretärin, daß das geringste Nachlassen in ihrer Verehrung die ganze Geschichte zum Scheitern bringen würde. Er ist kein Mensch, der sich zu etwas anstacheln ließe. Man muß ihn hätscheln. Es muß ständig jemand um ihn sein, der ›Ach‹ und ›Oh‹ schreit, herumsäuselt und ihm um den Bart geht. Und die Tatsache, daß er unter solcher Einwirkung phantastische Dinge zustande bringen, ungeheure Hindernisse überwinden kann, macht irgendwie alles nur noch ekelhafter.

Und weil mir das fast vom ersten Augenblick an klar war, bin ich so viel länger als die anderen bei ihm geblieben. Ich wußte gleich, was er wirklich von mir wollte, wofür er mich eigentlich bezahlte, und begriff es als Teil meiner Aufgaben, so, als hätte er mich darum gebeten. Es war nicht unehrlich von mir, wenn ich vor ihm kroch und ihm schmeichelte, denn dafür hat er mich ja bezahlt; aber es war – naja, ekelhaft, mir fällt nur immer wieder dies Wort dafür ein. Und als Ford dann kam, war es nicht mehr – hielt ich es nicht mehr aus.«

Sie verstummte, sah auf den Handschuh hinunter, an dem sie herumdrehte, und blickte dann wieder zu mir auf, der ich auf den Taxameter schaute.

»Sie glauben sicher, ich übertreibe, nicht wahr, Mr. Thin? Sie denken, ich bastele mir aus ein paar vielleicht sehr gewöhnlichen Fakten eine wilde Theorie zusammen.«

Der Meinung war ich allerdings, aber ich mochte es nicht sagen, andererseits wollte ich ihr aber auch nichts vorlügen. Während ich also ich noch zögerte, begann sie wieder zu sprechen.

»Passen Sie auf, ich kann Ihnen erklären, was ich meine. Diese Briefe von Throgmorton – Mr. Cayterer erzählte mir erst davon, als er die Schecks schon abgeschickt hatte. Und das auch erst, als ich zufällig über sie stolperte, jedenfalls über den dritten. Wie er sich verhalten hat, entspricht ganz seinen Anlagen – er hat sich diesen lächerlichen Forderungen gebeugt, hat tatsächlich fünfunddreißigtausend Dollar aus dem Fenster geworfen, weil er nicht das Rückgrat hatte, sich nicht zu beugen. Eine halbe Stunde, nachdem ich hinter die Sache gekommen war und ihn darüber und über das, was er nun zu tun gedächte, hatte reden lassen, schickte er nach Ihnen und Ihrem Vater und beschloß, keinen Penny mehr zu zahlen. So wahr ich hier sitze, Mr. Thin, ich könnte – «

»Die Geschichte deines jungen Lebens?« fragte Nugent, während er einer äußerst schlanken, jungen Frau in einem äußerst kurzen Rock ins Taxi half.

»Fast«, sagte Miss Brenham und errötete. »Ich habe ihm von Mr. Cayterer erzählt.«

Dann begann sie Küsse und Begrüßungsphrasen mit der schlanken, jungen Frau zu wechseln, deren Name, wie ich erfuhr, als sie mir vorgestellt wurde, Betty (Elizabeth, nehme ich an) Bartworthy war.

Das Haus, vor dem uns das Taxi wenig später ausspuckte, war ein Pfarrhaus, in dem Nugent und Miss Brenham getraut wurden. Vom Pfarrhaus aus fuhren wir immer noch im selben Taxi zur Wohnung der Braut, einem kleinen Haus in der Vierzehnten Straße. Miss Bartworthy und ich blieben im Taxi sitzen, während das frisch vermählte Paar im Haus verschwand.

»Ich wußte, sie würde ihn sich angeln«, sagte Miss Bartworthy, als sich die Tür hinter den beiden geschlossen hatte.

»Er ist ein sehr beneidenswerter junger Mann, da bin ich sicher«, erlaubte ich mir höflich zu bemerken.

Ostentativ schnitt mir Miss Bartworthy eine äußerst abstoßende Fratze – eine ganz grauenhafte Verzerrung ihrer Gesichtszüge.

»Aber mein liebes Fräulein!« rief ich.

Sie lachte, drehte ihr Gesicht von mir weg und sah aus dem Fenster zum Bürgersteig auf der anderen Straßenseite hinüber, während ihre schlanken Finger nervös über die stachelige Oberfläche eines versilberten Seepferdchens fuhren, das an einem schwarzen Band an ihrem Hals hing.

Ich wurde aus ihrem Verhalten nicht schlau, und obwohl sie nichts mehr sagte – mich nicht einmal mehr ansah –, war ich erleichtert, als die Nugents zurückkehrten. Sie kamen die Treppe herunter und über den Bürgersteig gelaufen, er die Hände voller Taschen, während sie einer fülligen Frau zuwinkte, die auf der obersten Treppenstufe des Hauses stand und entweder lachte oder weinte.

Wir setzten uns in Richtung Pier in Bewegung, und die Zeit wurde langsam knapp.

»Meinen Sie nicht«, schlug ich vor, als wir uns auf dem wenigen uns zur Verfügung stehenden Platz zurechtrückten, »daß Sie mir, da Sie es, wenn wir erst am Pier ankommen, sicher eilig haben werden, nicht auch schon jetzt sagen könnten, was Sie mir versprochen haben?«

»Das hat keine Eile. Ich könnte es Ihnen – warten Sie mal – mit fünf Worten erzählen«.

»Oh, sehr schön.«

Am Pier war herzlich wenig oder gar keine Zeit mehr zu verlieren. Wir mußten rennen, die beiden jungen Frauen uns voraus, und Nugent und ich mühten uns mit den Taschen ab. Am Schiff schüttelte er mir die Hand, während seine Frau und Miss Bartworthy sich gegenseitig die Hüte in Unordnung brachten.

»Die Information, die ich Ihnen versprochen habe: Weder Alma noch ich haben irgend etwas damit zu tun!«

»Ich habe zwar nicht viel erwartet«, rief ich ihm nach, als er an Bord eilte, »zumindest aber auf die Wahrheit gehofft, und die haben Sie mir nicht verraten.«

Sein dunkles Gesicht, das er beim Hochsteigen über die Schulter zu mir umwandte, zeigte offensichtlich ehrliche Verwirrung.

»Wenn Sie mich am Palace absetzen«, sagte Miss Bartworthy, als wir zur Taxe zurückgingen, »verspreche ich, Ihnen mit meinen Fratzen keinen Schrecken mehr einzujagen.«

»Ich war eher verwirrt als erschreckt«, widersprach ich.

»Na, schön für Sie.«

Kein Wort fiel mehr zum Thema: Sie war, sicherlich, eine äußerst seltsame junge Frau, so seltsam wie schlank.

»Was nun?« fragte Papa, als ich in sein Büro kam. »Smitts sagt, du wärst mit einem Mann und einer jungen Frau verschwunden.«

»Nugent und Miss Brenham haben geheiratet und sind auf dem Weg nach China.«

»China?«

»Ja, Sir. Mr. Cayterer sagte mir heute morgen, er habe beschlossen, Nugent nach drüben zu schicken. Die Hochzeit und so weiter müssen schon seit einiger Zeit geplant gewesen sein, denn offenbar hatten sie Heiratserlaubnis und Pässe bereit.«

»Soso«, sagte Papa. »Geschieht Cayterer recht – hat sich also den Jungen vom Hals geschafft, nachdem du ihm erzählt hast, was du gesehen hast? Eigentlich sollte er – «

»Was sagen Sie dazu, Mr. Thin?« unterbrach ihn Miss Queenan, die gerade ins Zimmer geplatzt kam und mit einer zusammengefalteten Zeitung herumfuchtelte. Papa nahm sie, las und reichte sie mir.

»Cayterers großer Unbekannter«, verkündete er.

»Da wett ich 'n Nickel drauf«, stimmte ihm Miss Queenan zu.

Auch ich war ihrer Meinung, als ich die Meldung aus Kanton gelesen hatte, der zufolge die Leiche eines Tuchuns aufgefunden worden war, der eine der größeren Provinzen regiert hatte. Witwe, Leibarzt und Privatsekretär des Tuchuns seien verhaftet worden, hieß es in dem Bericht weiter, und zwar unter dem Vorwurf, ihn vergiftet und seinen Tod mit der Behauptung verschleiert zu haben, er habe sich seiner Gesundheit wegen ins Gebirge begeben müssen. Man nehme an, sie hätten große Geldsummen auf einer Pariser Bank deponiert und sich gerade außer Landes begeben wollen, als sie festgenommen wurden.

»Warteten noch auf Hop Cayterers Geld, ehe sie abhauen wollten«, sagte Papa. »Gehn wir zu ihm.«

Mr. Cayterer war sichtlich beunruhigt, besorgt, als Papa und ich in sein Büro geführt wurden.

»Sie wissen nicht zufällig – «, begann er, kaum daß die Begrüßungsfloskeln beendet waren, und unterbrach sich. »Miss Brenham, meine Sekretärin, ist kurz vor zwölf weggegangen und noch nicht wieder zurück.«

Das war keine Frage, aber als solche gemeint.

»Sie und Ihr Neffe haben geheiratet, und sie ist mit ihm zusammen weg.«

Er nickte langsam mit seinem großen, bleichen Kopf, als habe er diese Nachricht erwartet oder sogar befürchtet.

»Schon das hier gesehen?« fragte Papa und reichte ihm die Zeitung.

Mr. Cayterer las die Meldung aus Kanton mit einem dermaßen reglosen Gesicht, daß ich schon zu zweifeln begann, ob der Tuchun in der Zeitung auch wirklich der war, auf den Mr. Cayterer gebaut hatte. Aber als er die Zeitung auf den Schreibtisch sinken und tief im Hals ein leises Knurren hören ließ, sah ich, daß die Ausdruckslosigkeit seines Gesichts die Leere äußerster Bestürzung war. Das weiche Licht seiner abgeschirmten Schreibtischlampe spiegelte sich in Hunderten winziger Schweißtröpfchen auf seiner Stirn.

»Ihr Mann?« fragte Papa.

»Ja.«

»Soso. Da haben Sie aber Glück, daß er Sie nicht mehr als die fünfunddreißigtausend gekostet hat, die Sie Throgmorton geschickt haben.«

Die Ausdruckslosigkeit wich aus Mr. Cayterers Gesicht und machte dem Erstaunen über den Gedanken Platz, wieviel ihn diese drei fernen chinesischen Verbrecher wohl noch hätten kosten können.

»Und nun«, fuhr Papa fort, »können wir uns ans Postministerium wenden, damit es uns hilft, B. J. Randall zu fassen.«

»Ja, das können wir.« Mr. Cayterer wich Papas Blick aus, der, wie ich annahm, lieber den Verlust auf sich nehmen als vor der Welt zugeben wollte, daß er zweimal so mühelos und so gründlich reingelegt worden war. »Aber – «

»Die Sache können wir deichseln«, kam ich ihm zu Hilfe, »rasch und ohne unnötiges Aufsehen.«

»Was denn jetzt?« fragte mich Papa mißtrauisch.

»Ich möchte mir nur«, sagte ich zu Mr. Cayterer, wobei ich Papas Frage überhörte, »für ein paar Minuten einen Ihrer Angestellten ausleihen.«

»Welchen?«

»Der Laufbursche genügt.«

Mr. Cayterer drückte auf einen der Knöpfe auf seinem Schreibtisch, und der Laufbursche mit den hellen Augen erschien.

»Hör zu«, fuhr ich den Jungen ziemlich streng an, »du hast mit deinem Fitzmaurice-Throgmorton-Blödsinn riesigen Ärger gemacht. Ich will, daß so was in Zukunft nicht mehr passiert. Und bring die Schecks sofort wieder zurück!«

»W-was meinen Sie?«

»Ich meine, was ich sage. Und mach ja nicht wieder solche Spielchen, oder du kriegst furchtbare Schwierigkeiten mit dem Postministerium. Wie lautet dein zweiter Vorname – James oder John oder Joseph?«

»Jackson, aber – «

»Das dachte ich mir. Und wo sind die Schecks?«

»Sie sind – ich weiß nicht, was Sie meinen. Sie sind – sie sind zu Hause, in eine Art Sammelalbum eingeklebt.«

»Du hast von diesem chinesischen Geschäft gehört, als deine Schwester und Nugent darüber sprachen?«

»J-ja, Sir.«

»Und ich nehme an, du hast Karten mit deiner Nachsendeadresse nach Los Angeles, Portland und Spokane geschickt und dir die Briefe an Randall postlagernd herkommen lassen.«

»Ja, Sir.«

»Sehr schön. Jetzt gehst du nach Hause, holst die Schecks und bringst sie her.«

Der Junge flitzte aus dem Büro.

»Also, da schlag doch einer lang hin!« Mr. Cayterer schnappte nach Luft. »Aber warum –? Wie –?«

»Ganz einfach«, rief ich, stand auf und griff nach meinem Hut. »Ich hatte ihn sofort im Verdacht, als Sie sagten, die Briefe seien in Ihrer Handschrift verfaßt. Diese eigentlich völlig nutzlose Subtilität muß ihn ungeheuer fasziniert haben, aber sie hat ihn auch verraten. Laufburschen ahmen fast immer die Handschrift ihres Arbeitgebers nach: Ich habe noch von keinem einzigen gehört, der nicht wenigstens gelegentlich die Unterschrift seines Chefs nachgemacht hätte. Es ist eine der Gewohnheiten dieses Berufs.

Als Sie uns dann sagten, er sei Miss Brenhams Bruder, und ich herausfand, daß sie und Nugent eng befreundet waren, wußte ich, wo der Junge seine Informationen herbekommen haben konnte. Zweifellos haben die beiden über Ihre Pläne gesprochen, wenn Nugent sie am Abend besuchte, und der Junge hörte genug, um loszulegen. Des weiteren hat Fitzmaurice Throgmorton als Deckname etwas ausgesprochen Unreifes, und selbst sein Erfinder mißtraute ihm bei der praktischen Verwendung und dachte sich zur Benutzung auf dem Postamt einen zweiten Decknamen aus. Bei diesem zweiten Namen, B. J. Randall, beging er dann einen recht weitverbreiteten Fehler: Er war, wie das bei vielen Leuten der Fall ist, außerstande, sich von seinem eigenen Namen zu lösen, und behielt seine Initialen bei, nur daß er sie umdrehte.

Der Umstand, daß die Schecks noch nicht eingelöst worden waren, war ein weiterer Beweis: Ganz gleich, wie es um seine Ehrlichkeit stand, ein Junge von fünfzehn Jahren konnte keinen Scheck über zehntausend Dollar kassieren. Doch glaube ich, sagen zu können, daß es ihm nie um das Geld dabei ging. Er hatte seinen Spaß daran, den forschen Fitzmaurice Throgmorton zu spielen. Die Zeitungsmeldung aus Kanton zerstreute dann meine letzten Zweifel: Die Leute dort haben versucht, Sie um Hunderttausende zu betrügen, und dieser kleinere Betrug verzögerte ihren Erfolg, ja machte ihn völlig zuschanden, also konnten sie für ihn nicht verantwortlich sein. Ich benötigte in diesem Punkt eine gewisse Rückversicherung, denn der Geist des orientalischen Erwachsenen zeigt häufig ganz eindeutige Parallelen zum Geist des abendländischen Jugendlichen.«

»Aber hören Sie mal!« widersprach Mr. Cayterer. »Es gab doch diese Briefe. Sie haben sie schließlich gesehen. Sie wurden in Japan abgestempelt.«

»Ich bitte um Verzeihung, aber das wurden sie nicht. Japanische Briefmarken kann man sich bei jedem Briefmarkenhändler beschaffen, und ein Poststempel ist lächerlich einfach zu fälschen. Ihr Laufbursche hatte natürlich absolut keine Schwierigkeiten, die Briefe unter Ihre Post zu mogeln.«

»Es ist zwecklos, mit ihm zu streiten«, versicherte Papa, während er sich erhob und sich den Hut aufstülpte. »Er hat recht. Was werden Sie mit dem Jungen machen?«

Zorn rötete Mr. Cayterers bleiches Gesicht. »Ich werde – «

»Feuern Sie ihn nicht gleich«, riet Papa ihm. »Lesen Sie ihm die Leviten nach Strich und Faden, aber feuern Sie ihn nicht gleich. Fassen Sie ihn richtig an, und er wird wie ein Dutzend Laufburschen sein, jedenfalls ein paar Wochen lang, bis seine Zerknirschung nachläßt. Dann können Sie ihn immer noch rausschmeißen, allerdings haben Sie vorher etliche Wochen gute Arbeit aus ihm rausgeholt.«

Und sofort nach diesem – ja – durch und durch skrupellosen Rat verließen Papa und ich Mr. Cayterers Büro.

(erstmals in: »The Black Mask«, Jan. 1926)

Der Mann, der Dan Odams erschoß

Als das Licht, das durch das winzige vergitterte Quadrat des hochgelegenen, einzigen Fensters der Zelle hereindrang, so weit abgenommen hatte, daß er die Zeichen und Initialen, die seine Vorgänger auf die gegenüberliegende Wand gekratzt und geschrieben hatten, nicht mehr deutlich erkennen konnte, erhob sich der Mann, der Dan Odams erschossen hatte, von seinem Feldbett und ging zu der Tür aus Eisenstäben.

»He, Chef!« rief er, und seine Stimme dröhnte die engen Mauern entlang.

Ein Stuhl kratzte über den Boden vor dem Gebäude, vorsichtige Schritte kamen näher, und der Bezirkspolizeichef von Jingo trat in den Gang zwischen seinem Büro und der Zelle.

»Ich muß Ihnen unbedingt was erzählen«, sagte der Mann in der Zelle.

Und dann war der Marshal so nahe, daß er im trüben Licht genau vor der rechten Hüfte des Gefangenen die schimmernde Mündung eines kurzen, schweren Revolvers erkannte, der drohend auf ihn gerichtet war. Ohne auf den altehrwürdigen Befehl zu warten, hob er die Hände, bis die Handflächen auf einer Höhe mit seinen Ohren waren.

Der Mann hinter dem Gitter sprach barsch flüsternd.

»Umdrehen! Und den Rücken gegen die Tür lehnen!«

Als der Marshal den Rücken gegen das Gitter drückte, langte eine Hand unter seine linke Achselhöhle, zerrte seine nicht zugeknöpfte Weste zur Seite und riß ihm den Revolver aus dem Holster. »Jetzt die Tür aufschließen!«

Die Waffe des Gefangenen war verschwunden, und die frisch erbeutete hatte ihren Platz eingenommen. Der Marshal drehte sich um, nahm die Hand herunter, in der die Schlüssel klimperten, und die Zellentür schwang auf.

Der Gefangene bewegte sich rückwärts durch die Zelle und winkte dem anderen mit einem auffordernden Schlenker der Pistole in seiner Hand einzutreten. »Hau dich auf die Pritsche, Gesicht nach unten.«

Schweigend gehorchte der Marshal. Der Mann, der Dan Odams erschossen hatte, beugte sich über ihn. Der lange schwarze Revolver sauste in einem jähen Bogen, der an der Schädelbasis des auf dem Bauch liegenden Beamten endete, nach unten.

Dessen Beine zuckten einmal kurz, dann lag er still.

Mit gemächlicher Routine untersuchten die Finger des Gefangenen die Taschen des anderen und nahmen Geld, Tabak und Zigarettenpapier an sich. Er nahm dem Marshal das Holster von der Schulter und legte es sich um die eigene. Er verschloß die Zellentür, als er ging.

Das Büro war leer. Der Schreibtisch warf zwei Beutel Tabak, Streichhölzer, eine automatische Pistole und zwei Handvoll Patronen ab. Die Wand überließ dem Gefangenen einen Hut, der ihm bis auf die Ohren rutschte, und einen zu engen, zu langen schwarzen Gummimantel.

Damit bekleidet, probierte er es mit der Straße.

Nach drei Tagen ununterbrochener Oberherrschaft hatte der Regen gerade aufgehört. Aber Jingos Hauptverkehrsstraße war menschenleer – Jingo saß zwischen fünf und sechs am Abend beim Essen.

Seine tiefliegenden kastanienbraunen Augen – deren Tiernatur durch das Fehlen von Wimpern unterstrichen wurde – suchten die vier Blocks Straße mit ihren hölzernen Trottoiren ab. Ein Dutzend Automobile waren zu sehen, doch keine Pferde.

An der ersten Ecke verließ er die Straße und bog einen halben Block entfernt in eine morastige Gasse ein, die parallel zu ihr verlief. An der Rückseite einer Billardhalle fand er unter einem Schutzdach vier Pferde, deren Sättel und Zaumzeug in der Nähe hingen. Er suchte sich einen stämmigen, muskulösen Rotschimmel aus – die Pferde sind nicht flink im Morast von Montana –, sattelte ihn und führte ihn an den Ausgang der Gasse.

Dann stieg er in den Sattel und wandte den erwachenden Lichtern von Jingo den Rücken.

Wenig später tastete er unter dem Regenmantel herum und kramte aus seiner Gesäßtasche die Waffe hervor, mit der er den Polizeichef überwältigt hatte: eine Pistolenattrappe aus Seife, die mit dem Papier von Zigarettenpakkungen überzogen war. Er riß die Hülle ab, zerquetschte die Seife zu einer formlosen Masse und warf sie weg.

Nach einer Weile wurde der Himmel klar, und die Sterne kamen heraus. Er stellte fest, daß die Straße, die er entlangritt, nach Süden führte. Er ritt die ganze Nacht und trieb den Rotschimmel durch den weichen, zähflüssigen Untergrund.

Bei Tagesanbruch konnte das Pferd ohne Ruhepause nicht mehr weiter. Der Mann führte es eine Schlucht hinauf – in sichere Entfernung von der Straße – und legte ihm unter einer Gruppe Pappeln Beinfesseln an.

Er selbst erstieg einen Hügel und legte sich auf den feuchten Boden, die wimpernlosen roten Augen auf das Land gerichtet, durch das er gekommen war: wellige schwarze, grüne und graue Hügel, auf denen sich nasser Boden, junges Gras und schmutziger Schnee die Herrschaft teilten – in deren dreifaches Reich hier und da das sepiabraune Band einer Landstraße einbrach, das sich dahinschlängelnd mal dem Auge darbot, dann wieder entzog.

Er sah keinen Menschen, während er dalag, aber die Landschaft war zu erfüllt mit Zeichen von Menschennähe, um ihm irgendein Gefühl der Sicherheit geben zu können. Schulterhohe Drahtzäune säumten die Straße, ein Fußweg durchschnitt die Flanke eines nahen Hügels, Telefonmasten reckten ihre kurzen Arme steif gegen den grauen Himmel.

Am Mittag sattelte er den Rotschimmel und ritt die Schlucht weiter hinauf. Nach mehreren Meilen stieß er auf eine Reihe kurzer Pfähle mit einer Telefonleitung. Er verließ die Sohle der Schlucht, fand das Ranchhaus, zu dem die Leitung führte, umkreiste es und nahm seinen Weg wieder auf. Am späten Nachmittag dann hatte er kein solches Glück.

Mit nachlassender Wachsamkeit – er hatte mehr als eine Stunde lang keine Telefonleitung mehr gesehen – ritt er über einen Hügel und stolperte förmlich mitten in eine Ansammlung von Häusern. Die Telefonleitung, die zu dieser Häusergruppe führte, kam von der anderen Seite her.

Der Mann, der Dan Odams erschossen hatte,

wich zurück, ritt zu einem Hügel hinüber, und als er auf dessen anderer Seite hinuntertrabte, hörte er von dem Hang, den er gerade verlassen hatte, den Knall einer Flinte. Er beugte sich vor, bis seine Nase tief in der Mähne des Rotschimmels steckte, und trieb das Pferd mit Händen und Füßen an. Die Flinte knallte von neuem.

Er ließ sich vom Pferd herunterrollen, als es stürzte, und kullerte weiter, bis ihm Gras und Salbeibüsche Deckung gaben. Dann robbte er geradeaus weiter, umrundete die Flanke eines weiteren Hügels und lief los.

Die Flinte schoß nicht wieder. Er versuchte nicht, sie zu finden.

Er wandte sich nun von Süden nach Westen, und seine kurzen, schwerfälligen Beine trieben ihn weiter in die Richtung, wo der Tiger Butte massig zum bleiernen Himmel aufragte wie eine dicke, kauernde schwarzgrüne Katzc mit schmutzigen weißen Streifen, wo Schnee in Schluchten und Spalten lag.

Seine linke Schulter war eine Zeitlang taub, dann wurde die Taubheit von brennendem Schmerz abgelöst. Blut lief an seinem Arm herunter und über seine lehmverklebte Hand. Er blieb stehen, um Jacke und Hemd zu öffnen und den Verband auf der Wunde an seiner Schulter wieder in Ordnung zu bringen – der Sturz vom Pferd hatte sie erneut aufgerissen und zum Bluten gebracht. Dann lief er weiter.

Die erste Straße, auf die er stieß, schlängelte sich zum Tiger Butte hinauf. Er folgte ihr, wobei er sich mühsam seinen Weg durch den klebrigen, zähen Schlamm bahnte.

Nur einmal brach er das Schweigen, das er seit seiner Flucht aus dem Gefängnis von Jingo beibehalten hatte. Er blieb mitten auf der Straße stehen, stand mit weit gespreizten Beinen da, drehte seine blutunterlaufenen Augen von rechts nach links und vom Boden zum Himmel und verfluchte ohne Erregung, aber mit äußerster Entschiedenheit den Matsch, den Zaun, die Telefonleitungen, den Mann, dessen Flinte ihn zu Schusters Rappen verdonnert hatte, und die Wiesenstärlinge, deren spöttischer, flötenartiger Gesang ihn immer nur Schritte voraus verhöhnte.

Dann lief er weiter; alle paar Meilen hielt er inne, um sich den ständig dicker werdenden Matsch von den Stiefeln zu kratzen, und jeden Hügel nutzte er, um das Land hinter sich nach Zeichen von Verfolgern abzusuchen.

Wieder strömte der Regen herab und verfilzte ihm sein dünnes, lehmverklebtes Haar – sein Hut war ihm mit seinem Pferd abhanden gekommen. Der unförmige Regenmantel, der seinen Körper einzwängte und ihm um die Knöchel schlapperte, hinderte ihn am Vorwärtskommen, aber seine verletzte Schulter brauchte diesen Schutz vor dem Regen.

Zweimal verließ er die Straße, um Fahrzeuge vorbeizulassen – einmal einen dampfenden Ford, das andere Mal eine halbvolle Fuhre Heu, die hinter vier sich mühenden Pferden herkroch.

Sein Weg führte noch immer durch umzäuntes Gelände, das nur dürftige Deckung bot. Häuser lagen über das Land verstreut, nur wenige Meilen zwischen sich; und der Verlust seines Pferdes war Beweis genug, daß die Telefonleitungen nicht untätig gewesen waren. Seit Mittag des vorherigen Tages hatte er nichts mehr gegessen, doch hier – ungeachtet des Fehlens sichtbarer Verfolger – konnte er sich keine Verpflegung besorgen.

Es wurde dunkel, als er die Straße in Richtung der Berglehne des Tiger Butte verließ. Als es völlig schwarz war, machte er halt. Die Nacht hindurch regnete es ohne Unterlaß. Er blieb die ganze Zeit sitzen – gegen einen Findling gelehnt, den Regenmantel über dem Kopf.

Ungestrichen und baufällig kauerte die Hütte in einer Gabelung der Schlucht. Rauch hing träge, leblos und ohne sich in die Luft erheben zu wollen über ihrem Dach, bis er vom Regen ins Nichts gepeitscht wurde. Die Schuppen, die um die mit einem Schornstein versehene Hütte herum lagen, waren noch unansehnlicher. Aus maßloser Angst vor der großen Katze, auf deren

Flanke sie lagerten, schienen sich alle tief niederzuducken.

Aber die roten Augen des Mannes, der Dan Odams erschossen hatte – er lag bäuchlings auf dem Kamm des Hügels, um den herum die Schlucht sich teilte –, erblickten in den fehlenden Telefonleitungen dieser dürftigen Wohnstatt eine solche Schönheit, wie sie weder für Architekt noch Maler erreichbar war.

Zweimal wurde in der Morgenstunde, die er dort lag, eine Frau sichtbar. Einmal verließ sie die Hütte, ging in einen der Schuppen und kam wieder hervor. Das zweite Mal trat sie vor die Tür, blieb dort eine Weile stehen und blickte die Schlucht hinunter. Sie war eine kleine Frau, Alter und Aussehen waren durch die Regenschleier nicht näher zu bestimmen, und sie trug ein schlaffes, graues Kleid.

Später kam ein Junge von zehn oder zwölf Jahren mit einem hohen Reisigbündel auf den Armen hinter dem Haus hervor und verschwand wieder.

Bald darauf zog sich der Späher von seinem Hügel zurück, beschrieb einen weiten Bogen und kam an der Rückseite der Hütte erneut in Sicht. Eine halbe Stunde verging. Er sah den Jungen von einer Quelle unter sich Wasser schleppen, die Frau aber sah er nicht mehr.

Verstohlen näherte sich der Flüchtling dem Haus, auf steifen Beinen, die alle Geschmeidigkeit verloren hatten. Ab und zu gaben die Füße unter ihm nach, aber unter den Lehmschichten und dem Dreitagebart reckte sich sein Kinn ohne jede Schwäche.

Er erkundete die Nebengebäude, ohne sie zu betreten – jammervolle, windige Bauten, die falsche Vorspiegelungen von Schutz boten: einer elenden Fuchsstute und einer Ansammlung aller möglichen Ackergeräte, die in ihrem Kampf mit der Erde allesamt als Zweitbeste abgeschnitten hatten. Nur die großzügige, wenn auch nicht besonders geschickte Verwendung des Materials, das Etablissements dieser Art gelegentlich den Beinamen »Drahtladen« eingebracht hatte, bewahrte die Geräte vor dem offenen Eingeständnis ihrer Niederlage.

Nirgends zeigte der Boden Abdrücke von Füßen, die größer als die einer kleinen Frau und eines zehn- bis zwölfjährigen Jungen waren.

Mit weit gespreizten Beinen, um die Unsicherheit seines Ganges auszugleichen, ging der Flüchtling über den Hof zu der Hütte hinüber. Mit dem gemächlichen, rastlosen Gleichmaß einer tickenden Uhr fielen dicke Blutstropfen von den Fingern seiner schlaffen linken Hand, um vom Regen in den durchweichten Boden gehämmert zu werden.

Durch die schmutzige Scheibe eines Fensters sah er die Frau und den Jungen gegenüber von der Tür zusammen auf einer Bettstelle sitzen.

Das Gesicht des Jungen wurde weiß, als der Mann die Tür aufstieß und in den durch keine Wände unterteilten Raum trat, und sein Mund zitterte. Das schmächtige, fahle Gesicht der Frau ließ sich nichts anmerken – es sei denn, da es keine Überraschung zeigte, daß sie ihn hatte herankommen sehen. Sie saß steif auf der Bettstelle, die Hände leer und reglos im Schoß, und in ihren erloschenen Augen lagen weder Furcht noch Interesse.

Der Mann stand einen Moment dort, wo er innegehalten hatte, eine groteske, aus Morast modellierte Statue: ein kleiner, kräftiger Körper, massive, hängende Schultern. Von Kleidern oder Haar war durch die Lehmhülle nichts zu sehen, und nur wenig von Gesicht oder Händen. Der Revolver des Marshals in seiner Hand, sauber und trocken, wie er war, bekam aufgrund dieser unstimmigen Sauberkeit etwas übertrieben Tödliches.

Seine Augen glitten durch den Raum: zwei Bettstellen an den nicht verkleideten Balkenwänden, ein schlichter Tisch aus Kiefernbrettern in der Mitte, wacklige Küchenstühle hier und da, eine ramponierte, zerschrammte Kommode, eine Truhe, eine Reihe Haken, an denen eine bunte Ansammlung von Männer- und Frauenkleidern hing, ein Haufen Schuhe in einer Ecke, eine offene Tür, die in einen Küchenanbau führte.

Er ging zur Küchentür, und das Gesicht der Frau folgte ihm. Der Anbau war leer.

»Wo ist dein Mann?«

»Weg.«

»Wann kommt er wieder?«

»Kommt nicht wieder.«

Die flache, ausdruckslose Stimme der Frau schien den Flüchtling ebenso zu verwirren wie ihre Ungerührtheit bei seinem Eintreten. Sein Gesicht verfinsterte sich, und er wandte die Augen – mit ihren Bluteinsprengseln nun noch röter als zuvor – von ihrem Gesicht zu dem des Jungen und wieder zu ihrem zurück.

»Heißt was?« fragte er.

»Heißt, er hat das Gehöft satt.«

Er spitzte nachdenklich den Mund. Dann ging er in die Ecke, in der die Schuhe auf ihrem Haufen lagen. Zwei Paar Männerschuhe sah er dort – trocken und ohne frischen Morast.

Er richtete sich auf, ließ den Revolver in sein Holster gleiten und zog sich umständlich den Regenmantel aus. »Hol mir was zu essen.«

Die Frau stand ohne ein Wort vom Bett auf und ging in die Küche. Der Flüchtling schob den Jungen hinter ihr her und blieb in der Tür stehen, während sie Kaffee kochte und Pfannkuchen mit Speck machte. Dann kehrten sie in den Wohnraum zurück. Sie stellte das Essen auf den Tisch und nahm mit dem Jungen neben sich wieder auf der Bettstelle Platz.

Der Mann verschlang das Essen, ohne es eines Blickes zu würdigen – während seine Augen unruhig zwischen Tür, Fenster, Frau, dem Jungen und dem Revolver neben seinem Teller herumwanderten. Immer noch tropfte ihm Blut von der linken Hand und besudelte Tisch und Fußboden. Erde löste sich aus seinen Haaren, von Gesicht und Händen und fiel in seinen Teller, doch er merkte es nicht. Als sein Hunger gestillt war, drehte er sich eine Zigarette und zündete sie an, wobei seine linke Hand ihre Aufgabe nur ungeschickt erfüllte.

Zum erstenmal schien die Frau das Blut zu bemerken. Sie kam um den Tisch herum und trat neben ihn. »Sie bluten. Lassen Sie mich das in Ordnung bringen.«

Seine Augen – schwer jetzt von der Last der Erschöpfung und des gestillten Hungers – forschten argwöhnisch in ihrem Gesicht. Dann lehnte er sich auf seinem Stuhl nach hinten, knöpfte seine Kleider auf und entblößte die eine Woche alte Schußwunde.

Sie brachte Wasser und Tücher, badete und verband die Wunde. Keiner von beiden sprach ein Wort, bis sie wieder saß.

Dann: »Waren in letzter Zeit irgendwelche Besucher hier?«

»Hab sechs oder sieben Wochen niemanden gesehen.«

»Wie weit ist es bis zum nächsten Telefon?«

»Nobels – acht Meilen die Schlucht hoch.«

»Sind hier noch irgendwelche Pferde außer dem im Schuppen?«

»Nein.«

Er erhob sich schwerfällig, ging an die Kommode, zog die Schubladen heraus und tauchte seine Hände hinein. In der obersten fand er einen Revolver und steckte ihn ein. In der Truhe war nichts. Hinter den Kleidern an der Wand stieß er auf eine Flinte. In den Bettstellen war nichts.

Er nahm zwei Decken, die Flinte und seinen Regenmantel. Er schwankte, als er zur Tür ging.

»Ich werde 'ne Weile schlafen«, sagte er heiser, »draußen im Schuppen, wo das Pferd ist. Ich steh ab und zu mal auf, um 'n Blick in die Gegend zu werfen, und dann möchte ich nicht feststellen, daß jemand fehlt. Verstanden?«

Sie nickte und machte eine Bemerkung.

»Falls Fremde aufkreuzen, werden Sie sicher geweckt werden wollen, ehe die Sie sehen?«

Seine von Müdigkeit trägen Augen wurden wieder wach, und er kam schwankend noch einmal zurück, schob sein Gesicht nahe an ihres und versuchte, hinter die erloschenen Außenflächen ihrer Augen zu spähen.

»Ich hab letzte Woche in Jingo einen Mann getötet«, sagte er nach einer Weile; er sprach langsam, bedächtig, mit einer monotonen Stimme, die zugleich warnend und drohend war. »Es war eine faire Schießerei. Er erwischte mich an der Schulter, bevor ich ihn umlegte. Aber er gehörte in Jingo dazu und ich nicht. Das Beste, was ich erwarten konnte, war das Allerschlimmste. Ich hatte die Chance abzuhauen, bevor sie mich nach Great Falls brachten, und die hab ich genutzt. Und ich rechne nicht damit, daß ich dorthin zurückgebracht und gehängt werde. Ich werde nicht lange hier sein, aber während ich – «

Die Frau nickte wieder.

Er sah sie finster an und verließ die Hütte.

Er band das Pferd kürzer in einer Ecke des Schuppens fest und breitete seine Decken zwischen dem Tier und dem Eingang aus. Dann legte er sich hin, den Revolver des Marshals in der Hand, und schlief ein.

Der Nachmittag war lange vorüber, als er aufwachte, aber es regnete noch immer. Sorgfältig erkundete er den Hof und musterte das Haus, ehe er wieder hineinging.

Die Frau hatte den Raum gefegt und aufgeräumt, sich ein anderes Kleid angezogen, das vom vielen Waschen zu einem gedämpften Rosa ausgeblichen war, und ihr Haar gebürstet und aufgelockert. Als er hereinkam, blickte sie von der Näharbeit auf, mit der sie beschäftigt war, und ihr Gesicht, das trotz der Härte, das die Arbeit ihm aufgedrückt hatte, noch jung war, wirkte jetzt weniger blaß als zuvor.

»Wo ist der Junge?« schnauzte der Mann.

Sie hob den Daumen über ihre Schulter.

»Oben auf dem Berg. Ich hab ihn hochgeschickt, damit er die Schlucht beobachtet.«

Seine Augen wurden schmal, und er verließ das Haus. Als er durch den Regen den Berg mit den Augen absuchte, erkannte er die Silhouette des Jungen, der auf dem Bauch unter einer verkrüppelten Rotzeder lag und nach Osten blickte. Der Mann kam wieder nach drinnen.

»Wie geht's der Schulter?« fragte sie.

Er hob versuchsweise den Arm.

»Besser. Pack mir was zu essen ein. Ich ziehe weiter.«

»Sie sind ein Narr«, sagte sie matt, als sie in die Küche ging. »Besser, Sie blieben hier, bis Ihre Schulter so ist, daß Sie weiterkönnen.«

»Zu dicht bei Jingo.«

»'s gibt niemand, der's mit all dem Morast aufnimmt, um Sie zu verfolgen. Ein Pferd käm nicht durch, ein Wagen schon gar nicht. Und Sie glauben doch nicht etwa, daß die zu Fuß herkämen, selbst wenn sie wüßten, wo Sie zu finden sind. Und außerdem würde der Regen Ihrer Schulter nicht guttun.«

Sie bückte sich, um einen Sack vom Boden aufzuheben. Unter ihrem dünnen rosa Kleid zeichnete sich die Linie ihres Rückens, ihrer Hüften und Beine deutlich gegen die Wand ab.

Als sie sich aufrichtete, begegnete sie seinem

Blick, sie senkte die Lider, errötete, und ihre Lippen öffneten sich ein wenig.

Der Mann lehnte am Türpfosten und streichelte mit seinem dicken Daumen die verdreckten Stoppeln an seinem Kinn.

»Vielleicht haben Sie recht«, sagte er.

Sie legte die Essensachen weg, die sie gerade zusammengepackt hatte, nahm einen Zinkeimer aus der Ecke und ging dreimal an die Quelle, um eine Eisenwanne zu füllen, die sie auf den Herd gesetzt hatte. Er stand in der Tür und sah zu.

Sie schürte das Feuer, ging in den Wohnraum und nahm eine Garnitur Unterwäsche, ein blaues Hemd und ein Paar Socken aus der Kommode, eine graue Hose von einem der Haken und ein Paar Pantoffeln vom Schuhhaufen. Sie legte die Sachen auf einen Stuhl in der Küche.

Dann kam sie in den Wohnraum zurück und schloß die Verbindungstür.

Während der Mann sich auszog und badete, hörte er sie leise summen. Zweimal schlich er auf Zehenspitzen an die Verbindungstür und spähte durch den Spalt. Beide Male sah er sie, noch immer errötet, über ihre Näharbeit gebeugt auf der Bettstelle sitzen.

Er hatte ein Bein in der Hose, die sie ihm gegeben hatte, als das Summen plötzlich verstummte.

Seine Rechte fuhr nach dem Revolver auf

dem Stuhl in der Nähe, und er schlich an die Tür, wobei die Hose an dem Knöchel, den er gerade hindurchgeschoben hatte, über den Fußboden nachschleifte. Flach gegen die Wand gepreßt, drückte er ein Auge an den Türspalt.

In der Eingangstür der Hütte stand ein hochgewachsener junger Bursche in einem Regenmantel, der naß glänzte. In seiner Hand hielt er eine doppelläufige Büchse, deren Mündungen sich wie teilnahmslose, bösartige Augen auf die Mitte der Verbindungstür richteten.

Der Mann in der Küche hob seinen Revolver, wobei sein Daumen den Hahn mit der mechanischen Präzision von jemandem zurückzog, der an Spannschloßpistolen gewöhnt ist.

Die Hintertür des Anbaus flog auf. »Fallen lassen!«

Der Flüchtling schnellte mit dem Geräusch der sich öffnenden Tür herum und sah seinem Feind ins Gesicht, ehe der Befehl heraus war.

Zwei Pistolen krachten gleichzeitig los.

Aber die Füße des Flüchtlings hatten sich, als er herumschnellte, in der Hose verheddert. Die Hose hatte ihn zu Fall gebracht. Er war im selben Moment in die Knie gesunken, als die beiden Pistolen loskrachten.

Seine Kugel war über die Schulter des Mannes hinweg ins Leere gegangen. Dessen Kugel hatte einen knappen Zoll über dem Kopf des stürzenden Flüchtlings die Wand durchschlagen.

Auf den Knien herumzappelnd, schoß der Flüchtling von neuem. Der Mann in der Tür taumelte und fuhr halb herum. Als er sich wieder aufrichtete, krümmte sich der Zeigefinger des Flüchtlings erneut um den Abzug –

Von der Verbindungstür her donnerte eine Büchse. Der Mann, der Dan Odams erschossen hatte, kam augenblicklich auf die Füße, in seinem Gesicht malte sich Erstaunen, und er stand einen Moment kerzengerade da, ehe er zu Boden sackte.

Der junge Bursche mit der Büchse ging zu dem Mann hinüber, der an der Tür lehnte und sich die Seite hielt. »Hat er dich erwischt, Dick?«

»Bloß durchs Fleisch, nehm ich an – völlig unbedeutend. Schätze, du hast ihn getötet, Bob?«

»Glaube, ja. Hab ihn genau getroffen!«

Die Frau war im Küchenanbau. »Wo ist Buddy?«

»Dem Jungen geht's gut, Mrs. Odams«, versicherte ihr Bob. »Aber er war total erledigt vom schnellen Rennen durch den Matsch, deshalb hat ihn Ma erst mal ins Bett gesteckt.«

Darauf machte der Mann, der am Boden lag, ein Geräusch, und sie sahen, daß er die Augen offenhatte.

Mrs. Odams und Bob knieten sich neben ihn, aber er gebot ihnen Einhalt, als sie ihn umzudrehen versuchten, um die blutige Zerstörung zu untersuchen, die die Büchse in seinem Rücken angerichtet hatte.

»Kein Sinn«, widersetzte er sich, während ihm beim Sprechen ein dünner Faden Blut aus dem Mundwinkel lief. »Laßt mich in Frieden.« Seine Augen, deren rote Wildheit glasig geworden war, suchten die der Frau. »Du – bist – Dan – Odams' – Frau?« brachte er hervor.

Es lag ein leichter Trotz, eine Andeutung davon, daß sie die Notwendigkeit, sich zu rechtfertigen, empfand, in ihrer Antwort. »Ja.«

Sein Gesicht, grob und tief gefurcht ohne den Matsch, verriet nichts von dem, was in ihm vorging.

»Kleiderpuppe«, murmelte er vor sich hin, und seine Augen flackerten zu dem Hügel hinüber, auf dessen Gipfel er etwas gesehen hatte, was ihm als ein auf dem Bauch liegender Junge erschienen war.

Sie nickte.

Der Mann, der Dan Odams erschossen hatte, drehte den Kopf weg und spuckte alles Blut aus seinem Mund. Dann kehrten seine Augen zu ihren zurück.

»Braves Mädchen«, sagte er klar und deutlich – und starb.

(erstmals in: »The Black Mask«, Jan. 1924)

Der Lohn des Verbrechens

»Kommen Sie mit, ohne viel Wirbel zu machen, und es wird keinen Ärger geben«, sagte der Lange mit der vorstehenden Unterlippe.

»Und denken Sie dran, alles, was Sie sagen, kann – «, warnte ihn der Dicke mit dem steifen Strohhut, wobei sich der Rest der vorgeschriebenen Rechtsmittelbelehrung irgendwo in den Falten seines fetten Halses verlor.

Ein erstaunt fragendes Stirnrunzeln ließ den sowieso nicht allzu weiten Raum zwischen Tom Doodys Augenbrauen und seinem Haaransatz zusammenschrumpfen. Er räusperte sich nervös und fragte: »Aber warum denn?«

Die vorstehende Unterlippe klappte über die Oberlippe in einem Lächeln, das Hohn mit Nachsicht mischte. »Da sollten Sie eigentlich selber draufkommen – aber es ist ja kein Geheimnis. Sie werden festgenommen, weil Sie die National Marine Bank um fünfundsechzigtausend Dollar erleichtert haben. Wir haben den Zaster gefunden, wo Sie ihn versteckt haben, und jetzt haben wir Sie.«

»Darum«, bestätigte der Dicke.

Tom Doody lehnte sich über den schmucklosen Tisch im Besuchszimmer und richtete seine kleinen, runden Augen auf die müden, weder jungen noch alten Augen der Frau vom *Morning Bulletin*.

»Miss Envers, ich hab hier mittlerweile dreieinhalb Jahre abgesessen und noch fast zehn vor mir, dabei ist schon mitgerechnet, was ich hoffentlich wegen guter Führung abgezogen kriege. Viel Zeit, werden Sie sicher denken; aber ich sage Ihnen, mir tut keine einzige Minute leid.« Er machte eine Pause, um diese überraschende Behauptung wirken zu lassen, und dann beugte er sich wieder vor, über seine Hände hinweg, die flach, die Handflächen nach unten, die Finger gespreizt, auf der Tischplatte lagen.

»Ich bin hier rein, Miss Envers, als Geldschrankknacker, der nach fünfzehn verbrecherischen Jahren zum ersten und einzigen Mal gefaßt worden ist. Ich geh hier durch und durch gebessert und mit nur einem Ziel in meinem Leben wieder raus: nämlich alles in meiner Macht Stehende zu tun, andere davor zu bewahren, in meine Fußstapfen zu treten. Ich lerne fleißig, und der Herr Gefängnispfarrer hilft mir dabei, damit ich, wenn ich rauskomme, so reden und schreiben kann, daß ich meine Botschaft auch rüberbringe. Ich war mal ziemlich gut im Gedichteaufsagen und Redenhalten, als ich noch ein Junge war und zur Schule ging, und ich denke, das krieg ich wieder hin. Ich werde von einem Ende des Landes zum anderen fahren, sollte ich zum Beispiel Frachtgut zu transportieren haben, und von meinen Erlebnissen als Krimineller und von dem Licht erzählen, das hier im Gefängnis eingebrochen – über mich hereingebrochen ist. Ich weiß, worum's geht, und viele Leute, die womöglich einem Pfarrer oder sonst jemandem nicht zuhören würden, werden mir ihre Aufmerksamkeit schenken. Sie werden wissen, daß ich weiß, wovon ich rede, daß ich was erlebt habe, daß ich der Mann bin, der die National Marine Bank und viele andere ausgeraubt hat.«

»Sie wurden um ein Haar freigesprochen, habe ich recht?« fragte Evelyn Envers.

»Ja, um ein Haar«, sagte der Sträfling, »und so wahr ich hier sitze, Miss Envers, danke ich Gott, daß ich verurteilt wurde!«

Er hielt inne und versuchte, in den ausgeblichenen grauen Augen auf der anderen Seite des Tisches Erstaunen zu lesen. Dann fuhr er fort. »Aber trotz allem, trotz der Gelegenheit zur Selbsterkenntnis und zum Nachdenken, die dieser Ort mir beschwert – beschert hat, hätte ich vielleicht einfach immer so weiter gemacht, hätte ich vielleicht nie begriffen, was es heißt, Christ zu sein und den Unterschied zwischen richtig und falsch zu kennen. Hier im Gefängnis habe ich zum erstenmal in meinem Leben die

Freiheit gefunden – ja, die Freiheit! –, die Befreiung von den Fesseln des Lasters, des Verbrechens und der Selbstzerstörung!« Nach diesem Paradox verstummte er.

»Haben Sie sonst irgendwelche Pläne für Ihre Zukunft, wenn Sie hier rauskommen?« fragte die Frau.

»Nein. Das liegt alles in zu weiter Ferne. Aber ich werde den Rest meines Lebens damit verbringen, die Wahrheit über das Verbrechen zu verbreiten, und sollte ich in der Gosse schlafen und von trockenem Brot leben müssen!«

»Natürlich ist er ein Schwindler«, sagte Evelyn Envers zu ihrer Schreibmaschine, als sie ein Blatt Papier in sie einspannte, »aber er bringt genauso eine gute Story wie irgendwas sonst.«

Und so schrieb sie einen Artikel über Tom Doody und seine hehren Vorsätze, und weil die Gedankentätigkeit hinter seiner Besserung so deutlich zutage trat, gab sie sich mit der Geschichte besondere Mühe, verklärte die abgenutzteren unter den Sprüchen des Mannes und stattete ihn selbst mit einer nicht unbeträchtlichen Ausstrahlung aus.

Nach Erscheinen des Artikels trafen tagelang Briefe beim Leserforum des *Morning Bulletin* ein, die sich zu Tom Doody äußerten und Anregungen verschiedener Art machten.

Hochwürden Randall Gordon Rand machte

Tom Doody zum Thema einer seiner zwanglosen Sonntagsplaudereien.

Und dann wurde John J. Kelleher, wohnhaft Britton Street 1322, von einem Möbelwagen zu Tode gequetscht, nachdem er die kleine Fern Bier, die fünfjährige Tochter von Louis Bier, wohnhaft Britton Street 1304, vor eben dem Wagen weggerissen hatte, und es stellte sich heraus, daß Kelleher mehrere Jahre zuvor wegen Einbruchs verurteilt und zur Zeit des Unfalls gerade zur Bewährung aus der Haft entlassen worden war.

Evelyn Envers schrieb einen Artikel über Kelleher und seine dunkeläugige kleine Frau und kam im letzten Absatz mit zweifelhafter Sachdienlichkeit auf Tom Doody zu sprechen. Der *Chronicle* und der *Intelligencer* brachten Leitartikel, in denen Kellehers Tod als Beweis für die Vorzüge der Haftentlassung auf Bewährung angeführt wurde.

Am Nachmittag vor der nächsten Sitzung der Staatlichen Kommission für bedingte Haftentlassungen wandelte die Footballmannschaft der Staatlichen Universität – drei Angehörige der Kommission waren begeisterte ehemalige Mannschaftsmitglieder – im letzten Viertel eine Niederlage in einen Sieg um.

Tom Doody wurde zur Bewährung auf freien Fuß gesetzt.

Aus seinem Zimmer im zweiten Stock des Chapham Hotels konnte Tom Doody eines der Plakate sehen. Rote und schwarze, quer über ein fünfzehn mal dreißig Zoll großes blendend weißes Feld gesetzte Lettern kündigten an, daß Tom Doody, ein bekehrter Geldschrankknakker von beträchtlicher Berühmtheit, eine Woche lang jeden Abend im Lyric Theater über den Lohn der Sünde sprechen werde.

Tom Doody neigte seinen Stuhl nach vorn, stemmte die Ellbogen auf das Fensterbrett und musterte den Anschlag mit liebevollem Blick. Das Plakat war okay – auch wenn er gehofft hatte, sein Foto wäre vielleicht drauf. Aber Fincher hatte sich nicht begeistert gezeigt, als ein Vorschlag in diese Richtung unternommen wurde, und was Fincher sagte, das wurde gemacht. Fincher war okay. Da war zum Beispiel der Vertrag, den er ihm gegeben hatte – gute hundert Dollar mehr pro Woche, als er eigentlich erwartet hatte. Und dann war da noch dieser junge Bursche, den Fincher engagiert hatte, um Tom Doodys Vortrag in Form zu bringen. Kein Zweifel, der Vortrag war jetzt okay.

Die Sache begann mit seiner Kindheit am Busen einer zärtlichen Familie, begleitete ihn durch die üblichen Tanzsaal- und Billardzimmer-Bekanntschaften mit lebenslustigen Leuten und steigerte sich dann in einem Crescendo unbestimmter, aber nichtsdestoweniger immer bösartiger werdender Verbrechen zu einem erregenden Höhepunkt mit dem Raub der fünfundsechzigtausend aus der National Marine Bank, der anschließenden Verhaftung und Verurteilung und dem neuen Leben, das angebrochen war, als er sich eines Tages über seine Maschine in der Jutemühle des Gefängnisses gebeugt hatte. Dann der allmähliche Ausklang mit einem Bild von dem Elend, das vom Verbrecher nicht zu trennen ist, und von der Glückseligkeit, mit der Welt im reinen zu sein. Aber das Salz in der Suppe waren die Geschichten aus Tausendundeiner Verbrechensnacht – das war es, was das Publikum würde hören wollen.

Der junge Mann, der dazu angeheuert worden war, das Doody-Epos zu formen und zu glätten, hatte konkrete Fakten – Namen, Daten und Summen – über die früheren Verbrechen gewünscht, aber Tom Doody hatte davon nichts hören wollen und beteuert, wenn man so vorgehe, werde man ihn der Gefahr aussetzen, wegen Verbrechen verhaftet zu werden, mit denen ihn die Polizei bislang nicht habe in Verbindung bringen können, und Fincher war derselben Ansicht gewesen.

Die Wahrheit aber war, daß es vor dem Einbruch in die National Marine Bank gar keine Verbrechen gegeben hatte – jene unerwartete Verurteilung war der einzig interessante Punkt in Tom Doodys Leben. Doch war er zu schlau, um Fincher das zu erzählen. Zur Zeit seiner Verhaftung hatten die Zeitungen und die Polizei – die aus ganz verständlichen Gründen in jedem verhafteten Verbrecher einen ungeheuer erfahrenen und fleißigen Menschen wittern – Hunderte von Einbrüchen, ja sogar einen oder zwei Morde ans Licht gezerrt, in die Tom Doody möglicherweise hätte verwickelt sein können. Er nahm an, daß all jene phantastischen Anschuldigungen dazu beigetragen hatten, seine Verurteilung zu beschleunigen, und heute war ihm das ganze Tamtam von Nutzen – Beweis: die Summe auf seinem Vertrag. Als Einbrecher mit nur einer Übeltat auf dem Konto wäre er auf der Bühne eine schlechte Zugnummer gewesen, doch mit den schwarzen und blutigroten Lorbeeren, mit denen ihn Polizei und Presse behängt hatten, sah die Sache ganz anders aus.

Zumindest ein Jahr lang würden ihn diese Plakate begleiten, wohin er auch käme. Sein Vertrag lautete auf diese Zeit, und vielleicht konnte er ihn noch auf viele weitere Jahre verlängern. Warum auch nicht? Der Vortrag war okay, und er wußte, daß er ihn glaubwürdig an den Mann zu bringen vermochte. Er hatte eifrig geübt, und Fincher war mit seiner Darbietung anscheinend zufrieden. Natürlich würde er morgen wohl ein bißchen nervös sein, wenn er das erste Mal vor sein Publikum trat, aber das würde vorübergehen, und er würde sich bald schon in diesem Geschäft wie zu Hause fühlen. Da hing Geld drin – die Kartennachfrage sei enorm, hatte Fincher gesagt. Vielleicht könnte man nach einiger Zeit –

Die Tür wurde ungestüm aufgerissen, und Fincher kam ins Zimmer – ein wutschnaubender Fincher, der dem stets lächelnden und sanften Direktor von Finchers Internationaler Vortragsvermittlung ganz unähnlich sah.

»Was ist los?« fragte Tom Doody, der sich bewußt verkniff, den Blick heimlich zur Tür huschen zu lassen.

»Was los ist?« wiederholte Fincher seine Worte, aber seine Stimme war ein einziges Gebrüll. »Was los ist?« Wie mit einem Knüppel fuchtelte er mit einer zusammengerollten Zeitung vor Tom Doodys Gesicht herum. »Ich werde dir zeigen, was los ist!« Er schien sich mit jeder Wiederholung der Frage in eine immer heftigere Wut hineinzupeitschen, genau wie man früher einmal meinte, Löwen peitschten sich mit ihren Schwänzen in Wut.

Er faltete die Zeitung auseinander, strich ein paar Quadratzoll davon glatt und hielt sie Tom Doody vor die Nase, wobei er mit seinem kräftigen Zeigefinger wie mit einem Zeigestock auf die Mitte des Blattes deutete. Tom Doody lehnte sich zurück, bis seine Augen weit genug entfernt waren, um das Gedruckte um den Finger seines Managers herum scharf zu sehen.

»... von der Polizei, und Tom Doody, der die National Marine Bank um 65 000 Dollar beraubt haben sollte und vor mehreren Tagen vorzeitig aus der Haft entlassen wurde, nachdem er fast vier Jahre seiner Strafe verbüßt hatte, wurde von dem Verbrechen durch Walter Beadles Geständnis, das dieser auf dem Totenbett machte, vollkommen freigesprochen, der...«

»Das ist los!« schrie Fincher, als Tom Doody seinen niedergeschlagenen Blick von der Zeitung hatte auf den Boden wandern lassen. »Und ich will die fünfhundert Dollar zurück, die ich dir vorgeschossen habe!«

Tom Doody kramte mit einer Geschwindigkeit, die seine Verzweiflung nur schlecht verbarg, in seinen Taschen herum und brachte ein paar Scheine und eine Handvoll Silbergeld zum Vorschein. Fincher riß dem Ex-Sträfling das Geld aus der Hand und zählte es hastig durch.

»Zweihunderteinunddreißig Dollar und vierzig Cents«, ließ er verlauten. »Wo ist der Rest?«

Tom Doody versuchte etwas zu sagen, stotterte aber nur leise vor sich hin.

»Stottern nutzt da auch nichts«, stieß Fincher wütend hervor. »Ich will meine fünfhundert Dollar. Wo sind sie?«

»Das ist alles, was ich noch habe«, jammerte Tom Doody. »Den Rest hab ich ausgegeben, aber ich zahle jeden einzelnen Cent zurück, wenn Sie mir nur etwas Zeit lassen.«

»Ich lasse dir Zeit, du dreckiger Betrüger, ich lasse dir Zeit!« Fincher stampfte ans Telefon. »Ich lasse dir Zeit, bis die Polizei hier ist, und wenn du nicht zahlst, werde ich mit meinem Eid einen Haftbefehl gegen dich erwirken: wegen des Erschleichens von Geld unter Vorspiegelung falscher Tatsachen!«

(erstmals in: »Brief Stories«, Feb. 1923, unter dem Pseudonym Peter Collinson und dem Titel »The Sardonic Star of Tom Doody«)

Der Scherz mit Eloise Morey

»Aber Herrgott noch mal, Eloise, ich liebe dich!«

»Aber Herrgott noch mal, Dudley, ich hasse dich!«

Die kalte Bösartigkeit, mit der sie ihn nachäffte, brachte ein Zittern auf seine Lippen, genau wie sie es vorausgesehen hatte, und alles Blut wich aus seinem gequälten Gesicht. Diese nicht unvertrauten und diesmal erhofften Anzeichen von Schmerz brachten sie ebenso in Wut, wie sie sie freuten. Die Überlegenheit ihrer Körpergröße nutzend – sie war vielleicht zwei Zoll größer als er –, ließ sie ihre harten, grauen Augen, Zwillingspunkte aus Stahl in einem hübschen, egoistischen Gesicht, bewußt beleidigend von der Welle kastanienbraunen Haars, das ihm in die Stirn fiel, bis zu den Spitzen seiner kleinen Schuhe wandern und dann wieder hinauf zu seinen leidenden, rotbraunen Augen.

»Was bist du eigentlich?« fragte sie mit eiskalter Härte. »Du bist kein Mann. Bist du ein Kind? Ein Insekt? Oder was? Du weißt, daß ich dich nicht nötig habe – du wirst nie auch nur irgend etwas sein. Das hab ich doch sicher klar genug gemacht. Und trotzdem willst du mir nicht meine Freiheit geben. Ich wollte, ich hätte dich nie gesehen, hätte dich nie geheiratet – und du wärst tot!«

Ihre Stimme – normalerweise achtete sie sorgfältig darauf, sie gedämpft zu halten – ging, von ihrem Zorn getrieben, schrill nach oben.

Ihr Mann zuckte unter dem Schlag jedes verächtlichen Wortes zusammen, sagte jedoch nichts. Er war von Natur aus viel zu sensibel, um sich auch nur eine der Antworten zu gestatten, die er ihr hätte geben können. Wo ein grobschlächtigerer Mann dieser Frau mit ihren eigenen Waffen begegnet wäre und sich den Weg zum Sieg oder zumindest einer gleichen Verteilung der Punkte freigeprügelt hätte, war er hilflos. Wie immer stachelten sein Schweigen und seine Hilflosigkeit sie zu noch größeren Quälereien an.

»Ein Künstler!« höhnte sie, indem sie all ihre Verachtung auf dieses Wort lud. »Ein Genie warst du; berühmt und reich und Gott weiß was nicht noch alles wolltest du werden! Und ich bin drauf reingefallen und hab dich geheiratet: einen saft- und kraftlosen Einfaltspinsel, der es nie zu was bringen wird. Ein Künstler! Ein Künstler, der Bilder malt, die niemand sehen will und erst recht nicht kaufen. Bilder, die angeblich empfindsam sind. Empfindsam! Schwächliche, seichte Farbklecksereien, wie der Dummkopf, der sie malt. Ein dämlicher Trottel, der Farben auf Leinwand schmiert – zu fein als Gebrauchskunst, zu edel, um irgendwas zu sein. Zwölf Jahre hast du damit zugebracht, malen zu lernen, und bringst kein Bild zustande, das sich irgend jemand auch nur zweimal ansehen möchte! Groß! Du bist jetzt groß! Ein riesengroßer Narr!«

Sie hielt inne, um sich die Wirkung ihrer Tirade zu betrachten. Sie war ihrer Zungenfertigkeit wahrlich angemessen: Dudley Morey zitterten die Knie, sein Kopf hing herab, sein verzweifelter Blick war auf den Boden gerichtet, und Tränen liefen ihm die bleichen Wangen herab.

»Hinaus!« schrie sie. »Verlaß mein Zimmer, ehe ich dich umbringe!«

Er drehte sich um und wankte durch die Tür.

Wieder allein, wütete sie mit dem gedämpften Schritt eines Panthers im Zimmer auf und ab. Ihre Lippen hatten sich von den kleinen, gleichmäßigen Zähnen zurückgezogen, die Fäuste waren geballt, die Augen glühten mit einer Intensität, die mehr ausdrückte, als es Tränen hätten tun können, die sich allerdings nie in ihnen zeigten. Fünfzehn Minuten marschierte sie auf und ab. Dann riß sie eine Schranktür auf, griff zum ersten Mantel, der ihr in die Hände kam, nach einem Hut und verließ das Zimmer, das zu klein schien, um ihre Wut zu fassen.

Das Dienstmädchen war gerade in der Diele und staubte die Balustrade ab; mit dümmlichem Erstaunen sah es auf das leidenschaftliche Gesicht seiner Herrin. Eloise ging ohne ein Wort an ihr vorbei, nahm sie kaum wahr und stieg die Treppe hinab. An der Eingangstür blieb sie plötzlich stehen. Ihr wurde bewußt, daß sie, als sie an der Tür zur Bibliothek vorbeigekommen war, gesehen hatte, daß eine Schreibtischschublade offenstand, und zwar die, in der gewöhnlich Dudleys Revolver lag. Sie ging zurück. Der Revolver war weg.

Gedankenvoll nagte sie an ihren Lippen. Dudley mußte ihn an sich genommen haben. Würde er sich wirklich töten? Immer schon war er krankhaft empfindlich gewesen, und Mut besaß er genug, wenn es drauf ankam, obwohl er so ein Versager war – so ein Dummkopf, wenn er an seinen Bildern herumpfuschte. Seine Unfähigkeit, in irgendeiner Form einen Erfolg zu erzielen, war eher auf seine übergroße Empfindlichkeit als auf sonst etwas zurückzuführen; und wenn er nur heftig genug verhöhnt wurde, konnte ihn diese Empfindlichkeit ohne weiteres zur Selbstzerstörung treiben. Angenommen, so war's? Was dann? Würde sie – Aber nicht doch! Höchstwahrscheinlich würde er's irgendwie verpatzen, wie er alles bislang verpatzt hatte, und es gäbe viel unangenehme öffentliche Aufmerksamkeit.

Sie beschloß, auf der Stelle in sein Atelier zu fahren. Es war das einzige, was sie tun konnte. Anrufen konnte sie ihn nicht, denn im Atelier gab es kein Telefon. Falls sie noch rechtzeitig hinkam, würde sie ihn aufhalten, gewiß; und vielleicht war der Versuch oder die bloße Absicht dazu zu benutzen, die Scheidung zu erreichen, die er ihr bisher stets verweigert hatte. Anwälte waren geschickt, Dinge solcher Art zum Vorteil ihrer Mandanten zu verdrehen. Und wenn sie zu spät kam – nun ja, dann hatte sie ihr Bestes getan. Sie kannte ihren Mann zu gut, um daran zu zweifeln, daß sie ihn in seinem Atelier finden würde.

Sie ging aus dem Haus und bestieg eine Straßenbahn. Die Linie führte direkt an dem Gebäude vorbei, in dem er sein Atelier hatte.

Nachdem sie aus der Bahn gestiegen war, stellte sie fest, daß sie unwillkürlich auf das Haus zurannte. Das Atelier befand sich im dritten Stock, und Fahrstühle gab es nicht. Ihre Aufregung nahm zu, als sie die Treppe hinauflief, und sie hatte Mühe beim Atmen. Die Stufen schienen kein Ende zu nehmen. Endlich kam sie oben an und lief den Korridor entlang, der zu Dudleys Zimmer führte. Inzwischen zitterte sie, und auf ihrem Gesicht und in ihren Handflächen stand der Schweiß. Sie versuchte nicht daran zu denken, was sie wohl sehen würde, wenn sie die Tür öffnete. Sie kam zum

Atelier und blieb horchend stehen. Kein Ton. Sie stieß die Tür auf.

Ihr Mann stand mitten im Zimmer unter dem Deckenfenster, mit dem Rücken zu ihr. Der rechte Arm war in einer linkischen Haltung erhoben, der Ellbogen auf einer Höhe mit der Schulter, und der Unterarm war steif zum Kopf gerichtet. Im selben Moment, als ihr die Bedeutung dieser Haltung dämmerte und sie »Dudley!« schrie, erzitterte die Luft von der Gewalt der Detonation. Dudley Morey schwankte leicht, einmal vor, einmal zurück, und dann stürzte er mit dem Gesicht nach unten auf den nackten Boden.

Langsam durchquerte Eloise den Raum. Sie fühlte sich erstaunlich ruhig, jetzt, da alles vorüber war. Neben ihrem Mann blieb sie stehen, aber sie bückte sich nicht, um seinen Körper zu berühren: tot war er zu abstoßend. Ein Loch klaffte in der Schläfe – von einer dunklen, versengten Zone umgeben. Der Revolver war vor die Wand gefallen. Noch immer trug er Mantel und Handschuhe.

Angeekelt wandte sie sich ab; sein Anblick ließ Übelkeit in ihr aufsteigen. Sie ging zu einem Stuhl und setzte sich.

Nun war alles vorüber.

Vor sich auf dem Tisch sah sie einen Umschlag liegen, der in Dudleys winziger Handschrift an sie adressiert war. Sie riß ihn auf.

»Liebe Eloise, Du hast wohl recht damit, daß ich ein Versager bin. Ich kann nicht ohne Dich sein, solange ich lebe – und so tue ich für Dich das Beste, was mir möglich ist. Zwischen Deinem Verlust und der Aussichtslosigkeit, in meinen Bildern jemals zu finden, was ich suche, fällt mir ohnehin nichts ein, wofür zu leben sich lohnte. Halte mich nicht für verbittert und denke nicht, daß ich Dir an irgend etwas die Schuld gebe.

Ich liebe Dich,

Dudley.«

Sie las den Brief zweimal, das Gesicht vor Ärger gerötet. Das sah Dudley ähnlich, daß er diesen Brief hinterließ, um ihr die Schuld an seinem Tod anzuhängen! Warum hatte er nicht ein bißchen Fürsorge, ein bißchen Rücksicht auf ihre Lage walten lassen? Ein Glück, daß sie den Brief gefunden hatte. Was für eine Vorstellung hätte er jedem anderen vermittelt! Und außerdem wäre er in die Zeitungen gekommen. Als wenn sie für seinen Tod verantwortlich wäre!

Sie trat an den altmodischen offenen Kamin, in dem ein kleines Feuer brannte, und warf den Brief hinein. Dann fiel ihr der Umschlag ein, und sie warf auch ihn in die Flammen.

Mehrere Männer und eine alte Frau – offenbar eine Putzfrau – waren an der Tür und warfen neugierige Blicke von dem Mann am Boden zu der Frau dahinter. Sie drängten sich in den Raum, wurden dreister und umringten Dudleys Leiche. Einige von ihnen nannten seinen Namen. Ein Mann, den Eloise kannte – Harker, ein Illustrator und Freund ihres Mannes –, kam herein, jagte die um den Toten versammelte Gruppe wütend hinaus und kniete neben ihm nieder. Harker blickte auf, und erst jetzt sah er Eloise. Er erhob sich, nahm sie mit sanfter Gewalt am Arm und führte sie eine Etage tiefer in sein Atelier. Er ließ sie sich auf die Couch legen, breitete eine Decke über sie und ging wieder hinaus. Ein paar Minuten später kam er zurück, setzte sich schweigend in einen Sessel auf der anderen Seite des Raums, saugte an einer Kalebassenpfeife und starrte auf den Boden. Sie setzte sich auf, aber er wollte sie nicht über ihren Mann sprechen lassen, wofür sie ihm dankbar war.

Jemand klopfte an die Tür, und Harker rief: »Herein!«

Ein massiger Mann mittleren Alters mit gerötetem Gesicht und einem streitbaren schwarzen Schnurrbart trat ein. Er schien es nicht für nötig zu halten, den Hut abzunehmen, aber auf seine gleichmütige Art war sein Verhalten einigermaßen höflich. Er stellte sich als Detective Sergeant Murray vor und befragte Eloise.

Sie erzählte ihm, daß ihr Gatte sich mit dem mangelnden Erfolg seiner Malerei sehr herumgequält habe; daß er ihr an diesem Morgen besonders erregt erschienen sei; daß sie, nachdem er das Haus verlassen hätte, festgestellt habe, daß sein Revolver fehlte; daß sie, das Schlimmste befürchtend, zu seinem Atelier gefahren und genau in dem Moment hereingekommen sei, als er sich erschoß.

Der Detective stellte ihr in seinem gleichgültigen, doch nicht unfreundlichen Ton weitere Fragen. Sie antwortete alles in allem ziemlich wahrheitsgemäß, wenn sie auch hier und da eher weniger als die ganze Wahrheit sagte. Murray äußerte sich nicht weiter dazu und richtete dann seine Aufmerksamkeit auf Harker.

Harker hatte den Schuß gehört, war aber zu sehr in seine Arbeit vertieft gewesen, um ihm sofort Bedeutung zu schenken. Dann hatte ihn der Gedanke beschlichen, das Geräusch, das von irgendeinem umstürzenden Gegenstand stammen mochte, sei aus der Nähe von Moreys Atelier gekommen, und er war hinaufgegangen, um mal nachzusehen. Er sagte, Morey habe in letzter Zeit immer bekümmerter gewirkt, aber nie über sich oder seine Angelegenheiten gesprochen.

Murray verließ das Zimmer und kehrte wenig später in Begleitung eines Mannes zurück, den er als »Byerly vom Büro« vorstellte.

»Sie müssen sich leider ins Präsidium begeben, Mrs. Morey«, sagte Murray mit einer mißbilligenden Handbewegung. »Byerly wird Ihnen zeigen, was Sie zu tun haben. Eine reine Formalität. Dauert nur ein paar Minuten.«

Zusammen mit Byerly verließ Eloise das Haus. Als Byerly zu der Ecke wollte, an der die Straßenbahn vorbeikam, schlug sie ein Taxi vor. Er telefonierte von der Eckdrogerie aus, und ein paar Minuten später stiegen sie die grauen Stufen zur City Hall hinauf. Byerly führte sie durch eine Tür, an der »Raubdezernat« stand, und ließ sie auf einem Stuhl Platz nehmen.

»Warten Sie bitte ein paar Minuten«, sagte er.

Die Zeit schleppte sich dahin. Eine halbe Stunde. Eine Stunde. Zwei Stunden.

Die Tür ging auf, und Murray kam herein, gefolgt von Byerly und einem kleinen Dicken, über dessen ausgedehnten Skalp eine spärliche Handvoll weißer Haare verteilt war. Byerly nannte den Dicken »Chef«, als er für ihn einen Stuhl heranzog. Der Dicke und Byerly saßen Eloise gegenüber. Murray setzte sich auf einen Schreibtisch.

»Haben Sie uns irgend etwas zu sagen?« fragte Murray obenhin.

Ihre Augenbrauen zogen sich in die Höhe. »Entschuldigung?«

»Na schön«, sagte Murray ohne jede Gefühlsbewegung. »Eloise Morey, Sie sind verhaftet wegen Mordes an Ihrem Mann, und alles, was Sie sagen, kann gegen Sie verwendet werden.«

»Mord?« rief sie, aus ihrer Gelassenheit aufgeschreckt.

»Genau«, sagte Murray.

Etwas von ihrer Sicherheit kam wieder. Sie wollte lachen, doch statt dessen sagte sie hochmütig: »Aber das ist doch lächerlich!«

Murray beugte sich vor.

»Tatsächlich?« fragte er ungerührt. »Hören Sie zu. Das Verhältnis zwischen Ihnen und Ihrem Mann war seit einiger Zeit nicht gut. Heute morgen hatten Sie Krach. Sie sagten, Sie wollten, er wäre tot, und Sie haben ihn bedroht. Ihr Dienstmädchen hat Sie gehört. Nachdem er dann das Haus verlassen hatte, sah das Mädchen Sie völlig aufgewühlt hinauseilen, und sie sah Sie an die Schublade gehen, in der immer die Pistole lag. Und sie guckte hinein, nachdem Sie weg waren, und da war keine Pistole mehr. Zwei Leute haben Sie ziemlich wütend zum Atelier Ihres Mannes hinaufgehen sehen, und sie hörten eine Frauenstimme – eine zornige Stimme – kurz vor dem Schuß. Und Sie geben ja selbst zu, daß Sie im Raum waren, als Ihr Mann starb. Was sagen Sie jetzt? Immer noch lächerlich?«

Sie hatte das Gefühl, ein schweres Netz lege sich über sie.

»Aber man bringt sich doch nicht gleich jedesmal um, wenn man einen kleinen Familienkrach hat – selbst wenn alles stimmt, was Sie sagen. Mord braucht doch wohl einen stärkeren Beweggrund als so etwas, hab ich nicht recht? Ich hab Ihnen ja erzählt, daß ich feststellte, daß der Revolver weg war, und rechtzeitig zu seinem Atelier zu kommen versuchte, um ihn zu retten, nicht wahr?«

Murray schüttelte den Kopf.

»Oh, den starken Beweggrund habe ich schon entdeckt, Mrs. Eloise Morey. Ich habe in Ihrem Zimmer einen Stapel glühender Liebesbriefe gefunden, die mit ›Joe‹ unterschrieben sind, und einer davon trägt das Datum von gestern. Und ich weiß, daß Ihr Mann gegen eine Scheidung war. Und ich weiß auch, daß er 'ne ganz hübsche Lebensversicherung und Einkünfte von drei- oder viertausend pro Jahr hatte, die Sie erben sollten. Ich habe genügend Motive beisammen.«

Eloise bemühte sich, ihr Gesicht ruhig zu halten – alles hing offenbar davon ab –, aber das bedrohliche Netz schien ihr immer enger zu werden, und nun war es schon nicht mehr so sehr ein Netz als vielmehr eine große schwelende Decke. Sie schloß einen Moment die Augen, aber so war dem allen nicht zu entkommen. Wut brannte in ihr. Sie stand auf, und ihre Augen starrten zornig in die drei wachsamen, ungerührt selbstgefälligen Gesichter vor ihr.

»Ihr Dummköpfe!« schrie sie. »Ihr – «

Sie erinnerte sich an den Brief, den Dudley

hinterlassen hatte, den Brief, der unmißverständlich die Wahrheit verkündet hätte, den Brief, der sie im Handumdrehen entlastet hätte, den Brief, den sie im Kamin verbrannt hatte.

Sie schwankte, Tränen der Verzweiflung stiegen ihr in die harten, grauen Augen. Detective Sergeant Murray erhob sich und fing sie auf, als sie fiel.

(erstmals in »Brief Stories«, Juni 1923)

Tom, Dick oder Harry

Ich weiß nicht, ob Frank Toplin groß oder klein war. Das einzige, was ich je von ihm zu sehen bekam, war sein runder Kopf – der nackte Skalp und ein zerknittertes Gesicht, beides in Farbe und Textur wie Packpapier –, der auf weißen Kissen in einem großen Himmelbett ruhte. Der Rest von ihm war unter einem dicken Deckenstapel begraben.

Ebenfalls im Zimmer waren jenes erste Mal seine Ehefrau, eine pummelige Matrone mit Runzeln in ihrem dicklichen, weißen Gesicht, die wie Risse in Elfenbein wirkten, seine Tochter Phyllis, ein forscher Typ vom jüngeren, fortschrittlicheren Klüngel, und das Dienstmädchen, das mir die Tür aufgemacht hatte, ein starkknochiges Mädchen mit Schürze und Häubchen.

Ich hatte mich als Vertreter des San Franciscoer Büros der North American Casualty Company, einer Einbruchs- und Diebstahlversicherung, vorgestellt, was ich gewissermaßen ja auch war. Es versprach keinen unmittelbaren Vorteil, zuzugeben, daß ich als Spürhund der Continental Detective Agency im Moment von der Versicherung engagiert war, deshalb hielt ich diese Einzelheit zurück.

»Ich möchte eine Liste von dem Plunder haben, der Ihnen abhanden gekommen ist«, sagte ich zu Toplin, »aber zuerst – «

»Plunder?« Toplins kugelrunder Schädel schnellte aus den Kissen hoch, und er jammerte die Zimmerdecke an: »Mindestens einhunderttausend Dollar, und das nennt der Plunder!«

Mrs. Toplin drückte den Kopf des Gatten mit den kurzen Fingern ihrer fetten Hand zurück in die Kissen.

»Bitte, Frank, reg dich nicht auf«, beruhigte sie ihn.

Phyllis Toplins dunkle Augen blitzten, und sie zwinkerte zu mir herüber.

Der Mann im Bett wandte mir erneut sein Gesicht zu, lächelte ein klein wenig verschämt und gluckste in sich hinein.

»Also, wenn ihr einen Verlust von fünfundsiebzigtausend Dollar Plunder nennen wollt, kann ich ja wohl fünfundzwanzigtausend tragen.«

»Macht zusammen hunderttausend?« fragte ich.

»Ja. Nichts von den Sachen war mit dem vollen Wert versichert, einiges war's überhaupt nicht.«

Das war völlig normal. Ich kann mich nicht

erinnern, daß jemand mal zugegeben hätte, ein ihm gestohlener Gegenstand sei in voller Höhe versichert – immer war der Verlust nur zur Hälfte oder höchstens zu drei Vierteln durch die Versicherung gedeckt.

»Wie wär's, wenn Sie mir genau erzählten, was passiert ist«, schlug ich vor, und um einer anderen Äußerung, die jetzt eigentlich kommen mußte, den Wind aus den Segeln zu nehmen, fügte ich hinzu: »Ich weiß, Sie haben alles schon der Polizei erzählt, aber ich muß es noch mal von Ihnen selber hören.«

»Also, wir zogen uns gestern abend gerade an, um ins Bauers' zu gehen. Ich hatte den Schmuck meiner Frau und meiner Tochter – die wertvollen Stücke – aus dem Banksafe mitgebracht. Ich schlüpfte eben in meinen Mantel und rief ihnen zu, sie sollten sich beeilen, als es klingelte.«

»Wie spät war es?«

»So ungefähr halb neun. Ich ging aus diesem Zimmer in das Wohnzimmer auf der anderen Seite des Flurs und steckte ein paar Zigarren in mein Etui, als Hilda« – er nickte zu dem blonden Dienstmädchen hinüber – »rückwärts ins Zimmer kam. Ich wollte sie schon fragen, ob sie verrückt geworden sei, weil sie rückwärts herumlief, da sah ich den Räuber. Er – «

»Moment mal.« Ich wandte mich an das Dienstmädchen. »Was passierte, als es geklingelt hatte?«

»Naja, ich machte natürlich die Tür auf, und da stand da so 'n Mann, und er hatte einen Revolver in der Hand, und er richtete ihn auf meinen – meinen Bauch und schob mich zurück in das Zimmer, in dem Mr. Toplin war, und er schoß auf Mr. Toplin und – «

»Als ich ihn sah und den Revolver in seiner Hand«, nahm Toplin seiner Hausangestellten die Geschichte wieder ab, »kriegte ich irgendwie 'n Schreck, und mein Zigarrenetui rutschte mir aus der Hand. Als ich versuchte, es aufzufangen – ist doch Quatsch, gute Zigarren zu Bruch gehen zu lassen, selbst wenn man beraubt wird –, muß er gedacht haben, ich versuchte zu einer Pistole zu greifen oder so was. Jedenfalls schoß er mir ins Bein. Meine Frau und Phyllis kamen reingerannt, als sie den Schuß hörten, und er richtete den Revolver auf sie, nahm ihnen den ganzen Schmuck ab und ließ sie meine Taschen ausleeren. Dann zwang er sie, mich in Phyllis' Zimmer und die Kammer dahinter zu schleifen, und schloß uns alle ein. Und stellen Sie sich vor, die ganze Zeit sprach er kein Wort, kein einziges Wort – machte bloß Zeichen mit seiner Pistole und der linken Hand.«

»Wie schlimm hat er Ihr Bein denn zugerichtet?«

»Hängt davon ab, ob Sie mir oder dem Doktor glauben wollen. Er sagt, es ist nichts weiter.

Bloß ein Kratzer, sagt er, aber schließlich hat man *mir* ins Bein geschossen und nicht ihm!«

»Hat er was gesagt, als Sie ihm die Tür aufmachten?« fragte ich das Dienstmädchen.

»Nein, Sir.«

»Hat einer von Ihnen ihn etwas sagen hören, solange er hier war?«

Das hatte keiner.

»Was geschah, nachdem er Sie in die Kammer gesperrt hatte?«

»Nichts, soweit wir wissen«, sagte Toplin, »bis McBirney und ein Polizist kamen und uns rausholten.«

»Wer ist McBirney?«

»Der Hausmeister.«

»Wieso brachte er denn einen Polizisten mit?«

»Er hatte den Schuß gehört und kam nach oben, als der Räuber gerade nach unten wollte, nachdem er hier raus war. Der Räuber drehte sich um, rannte die Treppe rauf und dann in ein Apartment im sechsten Stock, und dort blieb er und hielt die Frau, die drin wohnt, eine Miss Eveleth, mit seiner Pistole in Schach, bis er eine Gelegenheit fand, sich rauszuschleichen und abzuhauen. Er schlug sie bewußtlos, ehe er ging, und – und das ist alles. McBirney rief die Polizei, gleich nachdem er den Räuber gesehen hatte, aber die kam zu spät, um noch von Nutzen zu sein.«

»Wie lange haben Sie in der Kammer gesteckt?«

»Zehn Minuten – vielleicht fünfzehn.«

»Wie sah der Räuber eigentlich aus?«

»Klein und schmächtig und – «

»Wie klein?«

»Ungefähr so groß wie Sie, eventuell sogar noch kleiner.«

»Etwa einsfünfundsechzig, einsachtundsechzig also? Was kann er gewogen haben?«

»Oh, ich weiß nicht – vielleicht zweiundfünfzig oder fünfundfünfzig Kilo. Irgendwie war er mickrig.«

»Wie alt?«

»Nicht älter als zwei-, dreiundzwanzig.«

»Oh, Papa«, protestierte Phyllis, »er war dreißig oder nahe dran!«

»Was meinen Sie?« fragte ich Mrs. Toplin.

»Fünfundzwanzig, würde ich sagen.«

»Und Sie?« zum Dienstmädchen.

»Ich weiß nicht genau, Sir, aber sehr alt war er nicht.«

»Hell oder dunkel?«

»Hell«, sagte Toplin. »Er hatte 'ne Rasur nötig, und sein Bart war gelblich.«

»Eher hellbraun«, berichtigte Phyllis.

»Mag sein, aber hell war er.«

»Welche Augenfarbe?«

»Das weiß ich nicht. Er hatte seine Mütze drübergezogen. Sie sahen dunkel aus, aber das könnte auch daran gelegen haben, daß sie im Schatten waren.«

»Wie würden Sie den Teil seines Gesichts beschreiben, den Sie sehen konnten?«

»Blaß und schwächlich – kleines Kinn. Aber man konnte nicht viel von ihm sehen: Er hatte den Jackenkragen hochgeschlagen und die Mütze weit heruntergezogen.«

»Wie war er gekleidet?«

»Eine blaue Mütze, tief ins Gesicht gezogen, wie gesagt, blauer Anzug, schwarze Schuhe und schwarze Handschuhe – aus Seide.«

»Abgenutzt oder gepflegt?«

»Ziemlich billig wirkende Kleidung, furchtbar zerknittert.«

»Was für eine Pistole?«

Phyllis Toplin fiel ihrem Vater ins Wort.

»Papa und Hilda sagen immer, es war ein Revolver, aber es war eine Automatik – eine 38er.«

»Würden Sie ihn wiedererkennen?«

»Ja«, stimmten alle zu.

Ich räumte mir auf dem Nachttisch eine Stelle frei und holte Papier und Bleistift hervor.

»Ich möchte eine Liste der Sachen, die er mitgenommen hat, mit einer möglichst genauen Beschreibung jedes einzelnen Stücks und dem Preis, den Sie bezahlt haben, wo gekauft und wann.« Eine halbe Stunde später hatte ich die Liste.

»Wissen Sie die Nummer von Miss Eveleths Apartment?« fragte ich.

»702, zwei Etagen über uns.«

Ich ging hinauf und klingelte. Die Tür wurde von einem Mädchen von zwanzig-und-noch-was Jahren geöffnet, deren Nase unter einem großen Heftpflaster verborgen war. Sie hatte hübsche, klare, haselnußbraune Augen und dunkles Haar, und das Wort »Sport« stand ihr mitten ins Gesicht geschrieben.

»Miss Eveleth?«

»Ja.«

»Ich komme von der Versicherungsgesellschaft, bei der Toplins Schmuck versichert ist, und ich hätte gern ein paar Informationen zu dem Raubüberfall.«

Sie befühlte ihre verbundene Nase und lächelte bekümmert.

»Das gehört mit zu dem, was ich Ihnen sagen kann.«

»Wie ist es passiert?«

»Der Fluch der Weiblichkeit. Ich vergaß, daß man sich besser um seine eigenen Angelegenheiten kümmert. Aber Sie werden wahrscheinlich hören wollen, was ich über den Halunken weiß. Ein paar Minuten vor neun klingelte es gestern abend an der Tür, und als ich aufmachte, war er da. Kaum hatte sich die Tür einen Spalt geöffnet, streckte er mir seine Pistole entgegen und sagte: ›Rein, Kleine!‹

Ich ließ ihn ohne jedes Zögern herein. Ich reagierte völlig automatisch, und er stieß die Tür mit dem Fuß hinter sich zu.

›Wo ist die Feuertreppe?‹ fragte er.

Aber die Feuertreppe führt an keinem meiner Fenster vorbei, und das sagte ich ihm, doch er wollte mir nicht glauben. Er trieb mich vor sich her an jedes einzelne Fenster, natürlich ohne Erfolg, und darüber wurde er sauer, als wäre das meine Schuld. Ein paar von den Sachen, die er mir an den Kopf warf, mochte ich nicht, und der Kerl war so eine kleine, halbe Portion, daß ich ihn zu übertölpeln versuchte. Aber – naja, der Mann ist halt immer noch die stärkere Kreatur, wenn Sie mich fragen. Mit einem Wort, er gab mir eins auf die Nase und ließ mich liegen, wo ich hinfiel. Ich war benommen, wenn auch nicht völlig bewußtlos, und als ich wieder hochkam, war er weg. Ich lief raus auf den Flur und fand ein paar Polizisten auf der Treppe. Ich schluchzte ihnen meine mitleiderregende kleine Geschichte vor, und sie erzählten mir von dem Überfall bei den Toplins. Zwei von ihnen kamen mit mir mit und durchsuchten die Wohnung. Ich hatte ihn ja nicht wirklich weggehen sehen, und sie meinten, er könne so gerissen oder in die Enge getrieben sein, um sich irgendwo zu verkriechen und dort zu warten, bis die Luft wieder rein sei. Aber sie haben ihn nicht gefunden.«

»Wieviel Zeit war Ihrer Meinung nach vergangen, seit er Sie niedergeschlagen hatte, als Sie auf den Flur rausliefen?«

»Ach, das können keine fünf Minuten gewesen sein. Womöglich auch nur halb so lang.«

»Wie sah der Herr Räuber denn aus?«

»Klein, nicht ganz so groß wie ich: mit einem einige Tage alten, hellen Bart im Gesicht; in schäbige blaue Sachen gekleidet, mit schwarzen Stoffhandschuhen.«

»Wie alt?«

»Nicht sehr. Der Bart war dünn und schütter, und er hatte ein eher jungenhaftes Gesicht.«

»Seine Augen bemerkt?«

»Blau, sein Haar, wo es unter dem Rand der Mütze vorkam, war sehr hellblond, fast weiß.«

»Was für eine Stimme?«

»Ein sehr tiefer Baß, aber den hat er vielleicht nur vorgetäuscht.«

»Würden Sie ihn erkennen, wenn Sie ihn wiedersähen?«

»Ja, klar!« Vorsichtig legte sie einen Finger auf ihre verbundene Nase: »Die hier würde sich nicht täuschen lassen, wie's in der Reklame immer so schön heißt, das auf jeden Fall!«

Von Miss Eveleths Apartment ging ich hinunter ins Büro im Erdgeschoß, wo ich McBirney, den Hausmeister, und seine Frau fand, die im Haus nach dem Rechten sahen. Sie war eine dürre kleine Person mit dem eckigen Mund und der Nase einer Meckerziege, er war groß, breitschulterig, mit rötlichblondem Haar und Schnurrbart – ein gutmütiges, träges, rotes Gesicht und freundliche, blasse, wäßrigblaue Augen.

In seiner schleppenden Sprechweise erzählte er, was er von dem Raub wußte.

»Ich brachte grade im dritten Stock 'n Wasserhahn in Ordnung, als ich den Schuß hörte. Ich ging rauf, um nachzusehen, was los war, un' war die Vordertreppe grade so weit hoch, um Toplins Tür zu sehen, da kam der Kerl raus. Wir sehen uns beide gleichzeitig, un' er richtet seine Pistole auf mich. Es gibt viele Möglichkeiten, was ich hätte tun können, aber was machte ich? Ich duckte mich und brachte meinen Kopf in Sicherheit. Ich hörte ihn nach oben rennen un' kam grade rechtzeitig wieder hoch, um ihn zwischen dem fünften und dem sechsten Stock um die Ecke rennen zu sehen.

Ich lief ihm nicht hinterher. Ich hatte keine Pistole oder sonstwas, un' ich dachte mir, wir hätten ihn im Sack. Aus diesem Haus könnte jemand vom dritten, vielleicht vom vierten Stock aufs Dach nebenan kommen, aber von keinem drüber, un' die Wohnung von Toplins is' im vierten. Ich dachte mir, wir hätten diesen Burschen sicher. Ich konnte vor dem Aufzug stehen und die Vorder- und die Hintertreppe im Auge behalten, un' ich schellte nach dem Aufzug un' sagte zu Ambrose, dem Fahrstuhlführer, er soll Alarm schlagen un' rausrennen un' die Feuertreppe im Auge behalten, bis die Polizei käme.

Meine Alte kam nach 'n paar Minuten mit meiner Pistole rauf und erzählte mir, Martinez – Ambrose' Bruder, der die Telefonzentrale und die Haustür unter sich hat – würde die Polizei anrufen. Ich konnte beide Treppen deutlich sehen, un' der Kerl kam da nich runter, un' es dauerte nich länger als 'n paar Minuten, bis die Polizei – 'n ganzes Rudel – von der Wache in Richmond kam. Dann ließen wir die Toplins aus der Kammer, in der sie steckten, un' fingen an, das Haus zu durchsuchen. Un' dann kam Miss Eveleth die Treppe runter, das Gesicht und ihr Kleid voller Blut, un' sagte, er wär in ihrer Wohnung gewesen, also warn wir ziemlich sicher, daß wir ihn erwischen würden. Passierte aber nich. Wir durchsuchten jede Wohnung im Haus, aber wir fanden weder Haut noch Haar von ihm.«

»Natürlich nicht«, sagte Mrs. McBirney unwirsch. »Aber wenn – «

»Ich weiß«, sagte der Hausmeister mit der nachsichtigen Miene eines Mannes, der gelernt hatte, die Kritik an seiner Person als normalen Bestandteil des Ehelebens anzusehen, »wenn ich 'n Held gewesen wär un' ihn erwischt und mich damit total in die Bredullje gebracht hätte.

Also, ich bin nich so dämlich wie der alte Toplin und laß mich in 'n Fuß schießen, oder wie die Blanche Eveleth, die sich eins auf die Nase hauen läßt. Ich bin 'n vernünftiger Mensch, der weiß, wann er den kürzeren zieht – un' ich stürz mich nich auf Pistolen!«

»Nein! Du tust ja nie was, das – «

Dies Ehe-Hickhack brachte mich nicht weiter, und so drängte ich mich mit einer Frage an Mrs. McBirney dazwischen. »Wer ist der neueste Mieter hier im Haus?«

»Mr. und Mrs. Jerald – die sind vorgestern eingezogen.«

»Welche Wohnung?«

»704 – direkt neben Miss Eveleth.«

»Wer sind diese Jeralds?«

»Sie kommen aus Boston. Er hat mir erzählt, er wär hergekommen, um die Zweigstelle einer Fabrik aufzumachen. Er ist mindestens fünfzig, sieht magenkrank und mager aus.«

»Nur er und seine Frau?«

»Ja. Und auch sie ist kränklich – war ein oder zwei Jahre in einem Sanatorium.«

»Wer ist zuletzt vor ihnen eingezogen?«

»Mr. Heaton in Nr. 535. Er ist schon 'n paar Wochen hier, aber im Moment ist er unten in Los Angeles. Vor drei Tagen hat er sich verabschiedet und gesagt, er wär zehn oder zwölf Tage weg.«

»Wie sieht er aus, und was macht er?«

»Er arbeitet bei einer Theateragentur und ist ziemlich dick und rot im Gesicht.«

»Wer kommt dann?«

»Miss Eveleth. Sie wohnt ungefähr seit 'm Monat hier.«

»Und vor ihr?«

»Die Wagners in Nr. 923. Sie sind vor fast zwei Monaten eingezogen.«

»Was machen sie?«

»Er ist ein pensionierter Immobilienmakler. Und dann sind da noch seine Frau und sein Sohn Jack – ein Junge von vielleicht neunzehn Jahren. Ich seh ihn oft mit Phyllis Toplin zusammen.«

»Wie lange wohnen die Toplins hier?«

»Nächsten Monat werden's zwei Jahre.«

Ich wandte mich von Mrs. McBirney an ihren Mann.

»Hat die Polizei die Wohnungen von allen diesen Leuten durchsucht?«

»Yeah«, sagte er. »Wir sind in jedes Zimmer, jeden Alkoven un' jede Kammer vom Keller bis zum Dach.«

»Haben Sie den Räuber gut sehen können?«

»Yeah. Im Flur vor Toplins Tür ist 'ne Lampe, un' die schien ihm voll ins Gesicht.«

»Könnte er einer von Ihren Mietern gewesen sein?«

»Nein.«

»Würden Sie ihn erkennen, wenn Sie ihn wiedersähen?«

»Na sicher.«

»Wie sah er aus?«

»Ein kleiner Wicht, ein hellhäutiger junger Bursche von drei- oder vierundzwanzig Jahren in 'nem blauen Anzug.«

»Erwisch ich jetzt Ambrose und Martinez, den Fahrstuhlführer und den Portier, die gestern abend Dienst hatten?«

Der Hausmeister sah auf seine Uhr.

»Yeah. Sie müßten bei der Arbeit sein. Sie fangen um zwei an.«

Ich ging hinaus ins Foyer und fand die beiden, die sich wie ein Ei dem anderen glichen. Sie waren Brüder, schlanke Filipinojungs mit leuchtenden Kinderaugen. Sie konnten mir nicht viel Neues berichten.

Ambrose war auf McBirneys Geheiß heruntergekommen und hatte zu seinem Bruder gesagt, er solle die Polizei rufen, und dann war er schnell zur Hintertür raus, um die Feuertreppen im Auge zu behalten, die sich an der Rückseite und einer der Seitenwände befanden. Der Filipino war so weit zurückgetreten, daß er beide hatte im Blick behalten können, dazu noch die Hintertür.

Es habe reichlich Beleuchtung gegeben, sagte er, und er konnte beide Feuertreppen bis hinauf zum Dach sehen, und er habe niemanden darauf gesehen.

Martinez hatte mit der Polizei telefoniert und

danach die Eingangstür und den unteren Teil der Vordertreppe beobachtet. Er hatte nichts gesehen.

Ich war mit den Fragen an die Filipinos gerade fertig, als die Haustür aufging und zwei Männer hereinkamen. Einen von ihnen kannte ich: Bill Garren, einen Detective vom Raubdezernat. Der andere war ein kleiner, blonder Bursche, todschick in seinen gebügelten Hosen, dem kurzen Mantel mit den breiten Schultern und den Lackschuhen mit den rehbraunen, zu Hut und Handschuhen passenden Gamaschen. Er zog einen mürrischen Flunsch. Es schien ihm nicht zu gefallen, daß Garren bei ihm war.

»Was treibst du denn in der Gegend?« begrüßte mich dieser.

»Die Toplin-Angelegenheit, für die Versicherungsgesellschaft«, erklärte ich.

»Kommst du weiter?« wollte er wissen.

»Fast so weit, eine Verhaftung vorzunehmen«, sagte ich nicht ganz ernst und nicht ganz scherzhaft.

»Je mehr Verhaftungen desto besser«, grinste er. »Ich hab meine schon gemacht«, nickte er zu dem geschniegelten Jungen hinüber. »Komm mal mit nach oben.«

Wir stiegen in den Aufzug, und Ambrose fuhr uns zum vierten Stock hoch. Bevor Bill bei Toplins auf die Klingel drückte, erzählte er mir seine Neuigkeiten.

»Der Bursche hier hat eben versucht, in einem Laden in der Dritten Straße einen Ring zu versetzen – einen Ring mit Smaragden und Diamanten, der wie einer aus dem Toplin-Raub aussieht. Er spielt die Auster, hat noch kein Wort gesagt – bis jetzt. Erst mal werde ich ihn nun diesen Leuten zeigen, und dann bringe ich ihn zur Hall of Justice runter und quetsch ihm die Worte einzeln raus – Worte, die sich zu hübschen Sätzen und allem andern zusammenfügen!«

Der Gefangene blickte störrisch zu Boden und schenkte der Drohung keine Beachtung. Garren klingelte, und das Dienstmädchen Hilda öffnete die Tür. Ihre Augen weiteten sich, als sie den geschniegelten Jungen sah, aber sie sagte kein Wort, während sie uns ins Wohnzimmer führte, in dem Mrs. Toplin und ihre Tochter saßen. Sie blickten zu uns hoch.

»Hallo, Jack!« begrüßte Phyllis den Gefangenen.

»'lo, Phyl«, murmelte er, ohne sie anzusehen.

»Unter Freunden, hm? Na, wie lautet die Antwort?« wollte Garren von dem Mädchen wissen.

Sie streckte ihr Kinn in die Luft, und obwohl sie rot wurde, sah sie den Detective hochmütig an.

»Hätten Sie was dagegen, wenn Sie Ihren Hut abnehmen würden?« fragte sie.

Bill ist kein übler Knabe, aber Duckmäuserei liegt ihm fern. Er beantwortete ihre Frage damit, daß er sich seinen Hut schräg über ein Auge schob und sich an ihre Mutter wandte.

»Diesen Jungen schon mal gesehen?«

»Aber sicher!« rief Mrs. Toplin. »Das ist Mr. Wagener, der oben wohnt.«

»Also«, sagte Bill, »Mr. Wagener wurde in einem Leihhaus aufgegriffen, als er versuchte, diesen Ring hier loszuwerden.« Er angelte einen protzigen grünweißen Ring aus seiner Tasche. »Kennen Sie ihn?«

»Natürlich!« sagte Mrs. Toplin, die auf den Ring blickte. »Er gehört Phyllis, und der Räuber – « Ihr Mund klappte auf, als sie langsam begriff. »Wie konnte denn Mr. Wagener – ?«

»Ja, wie denn?« wiederholte Bill.

Das Mädchen trat zwischen Garren und mich und drehte ihm den Rücken zu, um mich anzusehen. »Ich kann das alles erklären«, verkündete sie.

Das hörte sich zu sehr nach dem Untertitel aus irgendeinem Film an, um sehr verheißungsvoll zu klingen, aber –

»Na los«, ermutigte ich sie.

»Ich hab den Ring im Korridor nahe der Wohnungstür gefunden, als die erste Aufregung vorbei war. Der Räuber muß ihn da verloren haben. Papa und Mama hab ich nichts davon erzählt, weil ich dachte, kein Mensch würde jemals dahinterkommen, und er war versichert, und so dachte ich, ich könnte ihn genausogut verkaufen, um endlich mal richtig bei Kasse zu sein. Und gestern abend habe ich Jack dann gefragt, ob er das für mich übernehmen könnte, und er sagte, er wisse schon, wie man das anstellt. Abgesehen davon, hat er nichts damit zu tun, aber ich dachte, er hätte so viel Köpfchen, daß er nicht versuchen würde, ihn sofort zu versetzen!«

Sie warf ihrem Komplizen einen verächtlichen Blick zu.

»Da siehst du, was du angestellt hast!« beschuldigte sie ihn.

Er zappelte nervös herum und stierte mürrisch auf seine Füße.

»Ha! Ha! Ha!« sagte Garren freudlos. »Das ist ja wahnsinnig witzig! Kennen Sie den von den zwei Iren, die aus Versehen ins Mädchenpensionat geraten?«

Sie sagte nicht, ob sie ihn kannte.

»Mrs. Toplin«, fragte ich, »wenn man die andere Kleidung und das unrasierte Gesicht berücksichtigt, könnte dann dieser junge Mann hier der Räuber gewesen sein?«

Sie schüttelte entschieden den Kopf. »Nein! Niemals!«

»Stell deine Beute ab, Bill«, schlug ich vor, »und laß uns in 'ne Ecke wandern und mal alles durchflüstern.«

»In Ordnung.«

Er zog einen schweren Sessel in die Mitte des Zimmers, ließ Wagener drauf Platz nehmen, schloß ihn mit Handschellen daran fest – nicht unbedingt notwendig, aber Bill war sauer, daß er seinen Gefangenen nicht als den Räuber identifiziert bekam –, und dann gingen er und ich auf den Korridor hinaus. Von dort konnten wir das Wohnzimmer im Auge behalten, ohne daß unsere leise Unterhaltung drinnen zu hören war.

»Die Sache ist ganz einfach«, flüsterte ich ihm in sein großes, rotes Ohr. »Es gibt nur fünf Möglichkeiten, wie das Ding liegen kann. Erstens: Wagener hat das Zeug für die Toplins geklaut. Zweitens: Die Toplins haben die Schose selber inszeniert und Wagener hinzugezogen, damit er das Zeug verhökert. Drittens: Wagener und das Mädchen haben die Sache angeleiert, ohne daß die Alten mit von der Partie waren. Viertens: Wagener hat das Ding auf eigene Faust gedreht, und das Mädchen deckt ihn. Fünftens: Sie hat die Wahrheit gesagt. Keine dieser Möglichkeiten erklärt allerdings, warum dein kleiner Spielkamerad so dämlich gewesen ist, den Ring heute morgen in der Stadt feilzubieten, aber das kann wohl auch nicht erklärt werden. Welche von den fünfen ziehst du vor?«

»Mir gefallen sie alle«, brummte er. »Aber am besten gefällt mir, daß ich diesen Kindskopp in flagranti erwischt habe – ihn erwischt habe, als er versuchte, einen heißen Ring loszuschlagen. Das gefällt mir ausgezeichnet. Stell du die Vermutungen an. Ich begnüge mich mit dem, was ich habe.«

»Irritiert auch mich absolut nicht«, stimmte ich zu. »So, wie die Dinge liegen, kann die Versicherung sich um die Erfüllung der Policen drücken – aber ich würde die Geschichte gern ein bißchen weiter ausleuchten, weit genug, um jeden einzubuchten, der die North American übers Ohr zu hauen versucht hat. Wir bringen über diesen Jungen ans Licht, was wir können, stecken ihn ins Kittchen und sehen dann, was wir sonst noch anrichten können.«

»In Ordnung«, sagte Garren. »Wie wär's, wenn du dir den Hausmeister und diese Eveleth schnappst, während ich den Jungen dem alten Toplin zeige und das Dienstmädchen nach seiner Meinung frage?«

Ich nickte und trat hinaus ins Treppenhaus, ohne die Wohnungstür hinter mir ins Schloß fallen zu lassen. Ich fuhr mit dem Fahrstuhl zum sechsten Stock hoch und sagte Ambrose, er solle McBirney suchen und ihn in die Wohnung der Toplins schicken. Dann klingelte ich bei Blanche Eveleth.

»Können Sie ein, zwei Minuten mit nach unten kommen?« fragte ich sie. »Wir haben jemanden gefaßt, der Ihr Freund von gestern abend sein könnte.«

»Und ob!« Sie ging mit mir zur Treppe. »Und wenn er der Richtige ist, darf ich mich dann bei ihm für meine lädierte Schönheit revanchieren?«

»Das dürfen Sie«, versprach ich. »Gehn Sie so weit, wie Sie wollen, bloß richten Sie ihn nicht so übel zu, daß er die Gerichtsverhandlung nicht durchhält.«

Ich brachte sie in die Toplinsche Wohnung, ohne an der Tür zu klingeln, und fand alle in Frank Toplins Schlafzimmer. Ein Blick in Garrens niedergeschlagenes Gesicht sagte mir, daß weder der Alte noch das Dienstmädchen ihm einen Hinweis auf den Gefangenen gegeben hatten.

Ich zeigte mit dem Finger auf Jack Wagener. Enttäuschung füllte Blanche Eveleths Augen.

»Sie irren sich. Das ist er nicht.«

Garren sah sie mißmutig an. Es war sonnenklar, wenn die Toplins mit dem jungen Wagener unter einer Decke steckten, würden sie ihn nicht als den Räuber identifizieren. Bill hatte also darauf gezählt, daß die Identifizierung von den beiden Außenstehenden käme – Blanche Eveleth und dem Hausmeister –, und nun war zumindest schon mal die Eveleth ein lupenreiner Reinfall.

Der andere klingelte genau in diesem Augenblick an der Tür, und das Dienstmädchen führte ihn herein.

Ich zeigte auf Jack Wagener, der neben Garren stand und mürrisch auf den Boden starrte.

»Kennen Sie ihn, McBirney?«

»Yeah, Mr. Wageners Sohn Jack.«

»Ist das der Mann, der Sie gestern abend mit einer Pistole verscheucht hat?«

Vor Staunen traten McBirney die wäßrigen Augen aus den Höhlen.

»Nein«, sagte er mit Entschiedenheit, dann machte er ein zweifelndes Gesicht.

»In einem alten Anzug, Mütze ins Gesicht gezogen, 'ne Rasur nötig – könnte er's da gewesen sein?«

»Ne-e-e-e-e«, nölte der Hausmeister, »das glaub ich nich, aber es – wissen Sie, jetzt, wo ich drüber nachdenke, kam mir an dem Burschen was vertraut vor, un' vielleicht – Mann, ich glaub, Sie haben recht – aber ganz sicher könnt ich's nich sagen.«

»Das genügt!« grunzte Garren angewidert.

Eine Identifizierung von der Sorte, wie sie der Hausmeister abgab, war so oder so einen Dreck wert. Selbst positive und augenblickliche Identifizierungen sind nicht immer das Wahre. Viele Leute, die es einfach nicht besser wissen – und auch einige, die's tun oder tun sollten –, haben den Indizienbeweis in Verruf gebracht. Manchmal führt er in die Irre. Aber trotz echter, unverdünnter, vorkriegshafter Unglaubwürdigkeit kann er nicht so weit wie menschliche

Zeugenaussagen gehen. Nehmen Sie irgendeinen Menschen, den Sie mögen – es sei denn, er ist der eine unter hunderttausend mit einem Verstand, der geschult ist, unbeirrbar logisch zu denken, aber selbst dann nicht immer –, bringen Sie ihn in Rage, zeigen Sie ihm etwas, geben Sie ihm ein paar Stunden Zeit, um darüber nachzudenken und es durchzusprechen, und dann fragen Sie ihn danach. Es ist anzunehmen, daß Sie Mühe haben werden, eine Verbindung zwischen dem zu finden, was er tatsächlich gesehen hat, und dem, was er seiner Meinung nach gesehen hat. So wie dieser McBirney – noch eine Stunde, und er wäre bereit gewesen, sein Leben darauf zu verwetten, daß Jack Wagener der Räuber war.

Garren schlang dem Jungen seine Finger um den Arm und startete in Richtung Tür.

»Wohin, Bill?« fragte ich.

»Nach oben, um mit seiner Familie zu reden. Kommst du mit?«

»Bleib noch einen Moment«, bat ich. »Ich will 'ne kleine Party geben. Aber erzähl mir erst mal, haben die Jungs, die nach dem Alarm herkamen, gute Arbeit geleistet?«

»Ich hab's nicht gesehen«, sagte der Detective. »Ich kam erst her, als das Feuerwerk schon ziemlich vorbei war, aber ich setze voraus, daß sie alles getan haben, was man von ihnen erwarten konnte.«

Ich wandte mich an Frank Toplin. Ich richtete meine Rede an ihn, vor allem weil wir – seine Frau und seine Tochter, das Dienstmädchen, der Hausmeister, Blanche Eveleth, Garren, sein Gefangener und ich – um das Bett des Alten versammelt waren, und indem ich ihn ansah, konnte ich mit einem Auge auch alle anderen beobachten.

»Irgend jemand hat mich irgendwann auf den Arm genommen«, begann ich meine Rede. »Wenn alles, was Sie mir über diese Sache erzählt haben, seine Richtigkeit hat, dann ist auch die Prohibition in Ordnung. Ihre Geschichten passen nicht zusammen, nicht mal annähernd. Nehmen Sie den Kerl, der Sie überfallen hat. Er scheint mit Ihren Verhältnissen ziemlich vertraut gewesen zu sein. Es könnte natürlich auch Zufall sein, daß er gerade in einem Moment auf Ihre Wohnung verfiel, als Sie all Ihre Juwelen hier hatten, und nicht zu einem anderen Zeitpunkt oder auf eine andere Wohnung. Aber ich mag den Zufall nicht. Ich glaube eher, er wußte, was er tat. Er klaute Ihnen Ihre Klunker und galoppierte dann rauf zu Miss Eveleths Wohnung. Er wollte vielleicht grade nach unten, als er auf McBirney stieß, vielleicht aber auch nicht. Jedenfalls lief er nach oben in Miss Eveleths Apartment, wo er nach einer Feuertreppe suchte. Komisch, nicht? Er wußte genug über das Haus, um aus dem Überfall ein Kinderspiel zu machen, aber er wußte nicht, daß es auf Miss Eveleths Seite vom Haus keine Feuertreppe gibt.

Er sprach weder mit Ihnen noch mit McBirney, aber er sprach mit Miss Eveleth, und zwar mit einer Baßstimme, einer sehr, sehr tiefen Stimme. Komisch, nicht? Aus Miss Eveleths Wohnung verschwand er, obwohl alle Ausgänge bewacht waren. Die Polizei muß hiergewesen sein, ehe er ihre Wohnung verließ, und die hat sicher als erstes die Ausgänge blockiert, ob da McBirney und Ambrose schon standen oder nicht. Aber er entkam. Komisch, nicht? Er trug einen zerknitterten Anzug, den er vielleicht aus einem Bündel gezogen hatte, kurz bevor er sich an die Arbeit machte, und er war ein kleiner Mann. Miss Eveleth ist keine kleine Frau, aber als Mann wäre sie klein. Jemand mit ausgeprägtem Mißtrauen könnte fast denken, Blanche Eveleth wäre der Räuber.«

Frank Toplin, seine Frau, der junge Wagener, der Hausmeister und das Dienstmädchen glotzten mich an. Garren taxierte die kleine Eveleth mit zusammengekniffenen Augen, während sie mich blaß vor Wut anfunkelte. Phyllis Toplin musterte mich mit einer Art verächtlichem Bedauern über meine Geistesarmut.

Bill Garren beendete seine Besichtigung des Mädchens und nickte langsam.

»Sie konnte damit durchkommen«, gab er

seine Meinung kund, »hier im Haus und solange sie ihren Mund hielt.«

»Genau«, sagte ich.

»Genau – so ein Schwachsinn!« explodierte Phyllis Toplin. »Glaubt ihr zwei Schmalspurdetektive vielleicht, wir würden nicht den Unterschied zwischen einem Mann und einer Frau in Männerkleidern erkennen? Er hatte einen Ein- oder Zweitagebart – echte Haare, wenn Sie wissen, was ich damit sagen will. Glauben Sie, sie hätte uns mit einem falschen Bart reinlegen können? Die Sache hat sich wirklich ereignet, verstehen Sie, es war kein Theater!«

Die anderen klappten ihre Münder wieder zu, und Köpfe bewegten sich auf und ab.

»Phyllis hat recht«, stärkte Frank Toplin seinem Nachwuchs den Rücken. »Es war ein Mann – keine Frau, die als einer verkleidet war.«

Seine Frau, das Dienstmädchen und der Hausmeister bezeugten heftig nickende Zustimmung.

Aber ich bin ein verdammt dickköpfiger Typ, wenn's darum geht, in die Richtung zu marschieren, in die das Belastungsmaterial weist. Ich fuhr herum und sah Blanche Eveleth an.

»Können Sie zu der Angelegenheit noch was hinzufügen?« fragte ich sie.

Sie lächelte mich zuckersüß an und schüttelte den Kopf.

»Na schön, Sie Niete«, sagte ich. »Sie sind verhaftet. Gehn wir.«

Und plötzlich hatte es den Anschein, als könnte sie zu der Angelegenheit doch noch was hinzufügen. Sie hatte gleich ein paar Dinge loszuwerden, und die drehten sich alle um mich. Keine netten Dinge. Vor Zorn war ihre Stimme ganz schrill, und von einer Sekunde zur anderen war sie wütender, als man das auf Anhieb für möglich gehalten hätte. Das tat mir leid. Die Sache war bisher friedlich und freundlich verlaufen, war durch keine Ruppigkeiten verschandelt worden, war in jedem Detail geradezu damenhaft vonstatten gegangen: Und ich hatte gehofft, so würde es bis zum Schluß weitergehen. Aber je länger sie mich anschrie, desto widerlicher wurde sie. Sie benutzte keine Wörter, die ich nicht schon vorher gehört hätte, aber sie setzte sie zu Kombinationen zusammen, die mir neu waren. Ich ertrug, soviel ich konnte. Dann schickte ich sie mit einem Schlag auf den Mund zu Boden.

»He! He!« rief Bill Garren und packte mich am Arm.

»Spar dir deine Kräfte, Bill«, riet ich ihm, schüttelte seine Hand ab und bückte mich, um die Eveleth wieder hochzuziehen. »Deine Ritterlichkeit ehrt dich, aber ich glaube, du wirst feststellen, daß Blanches wahrer Name Tom, Dick oder Harry ist.«

Ich zerrte sie (oder ihn, ganz wie Sie wollen) auf ihre oder seine Füße und fragte: »Haben Sie Lust, uns was dazu zu sagen?«

Als Antwort erhielt ich lediglich ein wütendes Knurren.

»Na schön«, sagte ich zu den anderen, »mangels amtlicher Informationen erzähle ich dann mal meine Version. Wenn Blanche Eveleth der Räuber gewesen sein könnte, vom Bart und der Schwierigkeit mal abgesehen, eine Frau zu sein und als Mann durchzugehen, warum kann der Räuber dann nicht vor und nach dem Raubüberfall Blanche Eveleth gewesen sein, nämlich nach Benutzung eines – wie heißt es noch? – starken Enthaarungsmittels im Gesicht und einer Perücke? Für eine Frau ist es sehr schwierig, sich als Mann zu verkleiden, aber es gibt viele Männer, die mit der Frauenrolle gut zu Rande kommen. Kann dieser Vogel, nachdem er seine Wohnung als Blanche Eveleth gemietet und alles übrige organisiert hat, nicht ein paar Tage in seinen vier Wänden geblieben sein, um sich den Bart wachsen zu lassen? Und dann runterzukommen und das Ding zu drehen? Nach oben zu verduften, sich die Haare aus dem Gesicht zu entfernen und in seine Frauenrolle zu schlüpfen, und das in, sagen wir mal, fünfzehn Minuten? Meiner Meinung nach ist das möglich. Und er hatte fünfzehn Minuten Zeit. Ich weiß nichts über die aufgeschlagene Nase. Vielleicht ist er gestolpert, als er die Treppe raufrannte, und mußte seine Pläne ändern, um die Sache zu erklären – oder vielleicht hat er sich auch mit Absicht selbst verletzt.«

Meine Mutmaßungen waren gar nicht so weit von der Wahrheit entfernt, nur war sein Name Fred – Frederick Agnew Rudd. In Toronto kannte man ihn, weil er als Neunzehnjähriger eine Zeitlang in der Besserungsanstalt von Ontario verbracht hatte, nachdem er in weiblicher Kostümierung beim Ladendiebstahl ertappt worden war. Gestanden hat er die Sache nie, und wir haben auch seine Pistole und den blauen Anzug, die Mütze und die schwarzen Handschuhe nicht gefunden; allerdings entdeckten wir eine Höhlung in seiner Matratze, wo er die Sachen wohl vor der Polizei versteckt gehalten hatte, bis er sie sich später am Abend vom Hals schaffen konnte. Stück für Stück kam Toplins Glitzerkram dann ans Tageslicht, als wir vom Klempner die Rohrleitungen und Heizkörper im Apartment Nr. 702 auseinandernehmen ließen.

(erstmals in: »The Black Mask«, Jan. 1925, unter dem Titel »Mike, Alec or Rufus«)

Mord & Co.

Der Alte, will sagen, der Chef der Continental Detective Agency, stellte mich dem anderen Mann in seinem Büro vor – er hieß Chappell – und sagte: »Nehmen Sie Platz.«

Chappell war um die fünfundvierzig, von kräftigem Körperbau und dunkler Hautfarbe, aber zittrig und vor Kummer, Sorge oder Angst völlig am Ende. Ich sah, daß seine Augen rotgerändert waren und die Lider, ebenso wie seine Unterlippe, müde herabhingen. Seine Hand war schlaff und feucht gewesen, als ich sie drückte.

Der Alte nahm ein Blatt Papier von seinem Schreibtisch und reichte es mir. Ich nahm es. Es war ein Brief, der mit Tinte und in plumpen, durchweg großen Druckbuchstaben geschrieben war:

»Herrn Martin Chappell.

Geehrter Herr, wenn Sie Ihre Frau jemals lebend wiedersehen wollen tun Sie was Ihnen gesagt wird nämlich Sie begeben sich heute genau um Mitternacht auf den Parkplatz George Larkin Street und legen 5000 in 100-Dollar-Scheinen unter den Ziegelhaufen hinter der Reklametafel. Sollten Sie das nicht tun oder zur

Polizei gehen oder irgendwelche Tricks versuchen erhalten Sie morgen einen Brief in dem Sie mitgeteilt bekommen wo Sie die Leiche Ihrer Frau finden. Wir meinen es ernst.

Mord & Co.«

Ich legte den Brief zurück auf den Schreibtisch des Alten.

Er sagte: »Mrs. Chappell hat gestern eine Nachmittagsvorstellung besucht. Sie ist anschließend nicht nach Hause zurückgekehrt. Diesen Brief hat Mr. Chappell heute morgen in der Post gefunden.«

»War sie allein?« fragte ich.

»Ich weiß es nicht«, sagte Chappell. Seine Stimme klang sehr müde. »Sie sagte mir, sie wolle ins Kino, als ich am Morgen ins Büro fuhr, aber sie hat mir nicht gesagt, welche Vorstellung sie besuchen oder ob sie zusammen mit jemandem hingehen wollte.«

»Mit wem unternahm sie so was normalerweise?«

Niedergeschlagen schüttelte er den Kopf. »Ich kann Ihnen die Namen und Adressen aller ihrer Freundinnen geben, aber ich fürchte, das hilft Ihnen nicht weiter. Als sie gestern abend spät noch nicht zu Hause war, habe ich alle angerufen, die mir einfielen.«

»Irgend 'ne Idee, wer dahinterstecken könnte?« fragte ich.

Wieder schüttelte er den Kopf.

»Ich hab versucht, mir jemanden vorzustellen, den ich kenne oder mal gekannt habe, der's vielleicht getan haben könnte, aber mir fällt keiner ein.«

»Was sind Sie von Beruf?«

Er machte ein erstauntes Gesicht, erwiderte dann aber: »Ich führe eine Industrieagentur.«

»Wie steht's mit entlassenen Angestellten?«

»Nein, der einzige, den ich jemals entlassen habe, hat jetzt bei einem meiner Konkurrenten eine weit bessere Stellung, und wir haben ein ausgesprochen gutes Verhältnis.«

Ich räusperte mich und sagte zu Chappell: »Hören Sie, ich möchte Ihnen ein paar Fragen stellen, die Sie wahrscheinlich für – tja – gefühllos halten werden, aber sie sind notwendig.«

Er zuckte zusammen und holte tief Luft.

»Ich hatte nie Grund zu der Annahme, daß sie irgendwo hinging, wovon sie mir nichts erzählte, oder irgendwelche Freunde hatte, die sie mir verheimlichte. Ist es das« – seine Stimme war flehend – »was Sie wissen wollten?«

»Ja, danke.« Ich wandte mich wieder dem Alten zu. Die einzige Möglichkeit, aus ihm was herauszuholen, war, darum zu bitten, deshalb sagte ich: »Also?«

Er lächelte zuvorkommend wie eine hochzufriedene, leere Wand und murmelte:

»Was raten *Sie*?«

»Natürlich zu zahlen – zunächst«, antwortete ich und fragte Chappell dann: »Sie können das Geld ohne weiteres auftreiben?«

»Ja.«

Ich wandte mich wieder an den Alten: »Was ist mit der Polizei?«

Chappell begann: »Nein, nicht die Polizei! Würde die nicht – ?«

Ich unterbrach ihn: »Wir müssen sie unterrichten, falls was schiefgeht und damit sie einsatzbereit ist, sobald Mrs. Chappell wieder wohlbehalten zu Hause ist. Bis dahin können wir sie dazu bewegen, sich aus der Sache rauszuhalten.«

Der Alte nickte und griff nach dem Telefon.

Fielding und ein Unterstaatsanwalt namens McPhee kreuzten auf. Zuerst waren sie beide dafür, den Ziegelsteinhaufen an der Ecke George und Larkin Street zur mitternächtlichen Zielscheibe der halben Polizeitruppe zu machen, aber schließlich überredeten wir sie, Vernunft anzunehmen. Wir knallten ihnen die Geschichte des Kidnappings von Charles Ross bis zur Gegenwart um die Ohren und wiesen ihnen nach, daß die Statistik auf unserer Seite war. Aller Erfahrung nach brachte es mehr Erfolg und weniger Schmerzen, wenn man zahlte, was verlangt wurde, und erst danach auf die Jagd ging, als wenn man versuchte, die Entführer zu schnappen, noch ehe die Entführten wieder auf freiem Fuß waren. Um halb zwölf verließ Chappell in dieser Nacht sein Haus, allein und mit fünftausend Dollar in der Tasche, die in einen Bogen Packpapier eingeschlagen waren. Um zwanzig nach zwölf war er zurück.

Sein Gesicht schimmerte gelblich und schweißnaß, und er zitterte.

»Ich hab's hingelegt«, brachte er mit Mühe hervor.

Ich goß ihm ein Glas von seinem Whisky ein und reichte es ihm.

Er lief fast die ganze Nacht unruhig hin und her. Ich döste auf einem Sofa. Mindestens ein halbes dutzendmal hörte ich, wie er an die Haustür ging und hinaussah. Die Detective Sergeants Muir und Callahan legten sich schlafen. Sie und ich, wir hatten uns bei Chappell einquartiert, um alle Informationen, die Mrs. Chappell uns würde geben können, so schnell wie möglich zu bekommen.

Morgens um neun wurde Callahan ans Telefon gerufen. Mit finsterem Gesicht kam er zurück.

»Bis jetzt hat sich noch niemand die Moneten geholt«, berichtete er uns.

Der übermüdete Chappell war vor Schreck wie entgeistert. »Sie haben die Stelle beobachten lassen?«

»Klar«, sagte Callahan, »aber völlig unverfänglich. Wir haben einfach zwei Leute mit

Feldstechern in einer Wohnung am Ende des Häuserblocks postiert. Das konnte niemand spitzkriegen.«

Chappell wandte sich mir zu, Entsetzen breitete sich über sein Gesicht. »Was – ?«

Es läutete.

Chappell rannte hinaus und kam gleich darauf zurück, einen Eilbotenbrief in der Hand, den er übernervös aufriß. Darin befand sich ein zweites, in plumpen Druckbuchstaben beschriebenes Blatt:

»Herrn Martin Chappell.

Geehrter Herr, wir haben das Geld richtig erhalten brauchen aber heute abend noch mal die gleiche Summe zur gleichen Zeit und alles andere genauso. Diesmal werden wir Ihnen Ihre Frau ganz bestimmt lebend heimschicken wenn Sie tun was Ihnen gesagt wird. Wenn Sie es nicht tun oder der Polizei Mitteilung machen wissen Sie was Sie erwartet und Sie können Gift drauf nehmen daß Sie es bekommen.

Mord & Co.«

Callahan sagte: »Was zum Teufel –?«

Muir knurrte: »Die beiden ... an Ihrem Fenster müssen blind sein.«

Ich fragte Chappell: »Tja, was wollen Sie jetzt tun?«

Er schluckte und erwiderte: »Ich gebe denen jeden Cent, den ich besitze, wenn ich nur Louise heil zurückbekomme.«

Um halb zwölf in dieser Nacht verließ Chappell ein zweites Mal sein Haus mit fünftausend Dollar in der Tasche. Als er zurückkehrte, war das erste, was er sagte: »Das Geld, das ich gestern hingebracht habe, ist wirklich weg.«

Die Nacht verlief genau wie die vorherige. Keiner sagte es, aber alle erwarteten wir am nächsten Morgen einen weiteren Brief, in dem fünftausend Dollar gefordert wurden.

Tatsächlich kam erneut ein Eilbotenbrief, aber der lautete:

»Herrn Martin Chappell.

Geehrter Herr, wir haben Ihnen geraten die Polizei aus der Sache rauszuhalten aber Sie haben sich nicht danach gerichtet. Bringen Sie Ihre Polizeibeamten zum Apartment 313 in der Park Street 895 und Sie werden die Leiche finden die wir Ihnen versprochen haben wenn Sie nicht gehorchen.

Mord & Co.«

Callahan fluchte und stürzte zum Telefon, das auf einem Tisch in der Nähe stand.

Ich legte meinen Arm um den schwankenden Chappell, aber der riß sich zitternd zusammen und fiel dann wütend über mich her:

»Sie haben sie umgebracht!« schrie er.

»Lassen Sie das«, bellte Muir. »Gehen wir.«

Das angegebene Haus in der Park Street war, so wie wir fuhren, von Chappells Haus nur zehn Autominuten entfernt. Es dauerte dann aber ein paar Minuten länger, den Hausmeister aufzutreiben und ihm den Schlüssel für das Apartment abzuluchsen.

Eine große, schlanke Frau mit lockigem, rotem Haar lag auf dem Wohnzimmerboden von Nr. 313. Sie war schon so lange tot, daß die Verfärbungen bereits fortgeschritten waren. Sie lag auf dem Rücken. Der hellbraune Flanellbademantel, den sie trug – anscheinend der eines Mannes –, hatte sich geöffnet und zeigte rosafarbene Damenunterwäsche. Sie trug Strümpfe und einen Pantoffel. Der andere lag in ihrer Nähe.

Gesicht und Hals und das, was von ihrem Körper sichtbar war, war mit blauen Flecken überzogen. Ihre Augen waren weit geöffnet und quollen hervor, die Zunge hing ihr aus dem Mund; sie war geschlagen und dann erwürgt worden.

Noch mehr Kripoleute und ein paar Polizisten in Uniform trafen ein. Wir machten uns an unsere Routinearbeit.

Der Hausmeister berichtete, Mieter des Apartments sei ein Mann namens Harrison M. Rockfield. Er beschrieb ihn: ungefähr fünfunddreißig Jahre alt, einsachtzig groß, blondes Haar, graue oder blaue Augen, schlank, vielleicht zweiundsiebzig Kilo schwer, sehr sympathische Erscheinung, gut gekleidet. Er sagte, Rockfield wohne allein dort, seit drei Monaten.

Über seine Freunde wisse er nichts, sagte er, und Mrs. Chappell habe er noch nie gesehen. Er habe Rockfield seit zwei oder drei Tagen nicht mehr zu Gesicht bekommen, habe sich aber nichts dabei gedacht, weil es öfter vorkomme, daß er den einen oder anderen Mieter eine Woche oder so nicht zu sehen bekomme.

Die Polizeiexperten fanden jede Menge Fingerabdrücke, von denen wir hofften, sie gehörten zu Rockfield.

In den benachbarten Wohnungen konnten wir niemanden finden, der den Krach gehört hatte, den der Mörder gemacht haben mußte. Wir kamen zu dem Schluß, daß Mrs. Chappell wahrscheinlich gleich, nachdem man sie in das Apartment gebracht hatte, getötet worden war – auf keinen Fall später als in der Nacht, in der sie verschwunden war.

Ein Detective kam und brachte den Packen Hundertdollarscheine, den Chappell in der Nacht zuvor unter den Backsteinhaufen gelegt hatte.

Zusammen mit Callahan fuhr ich hinunter ins Polizeipräsidium, um die Männer zu befragen, die am Fenster des nahe gelegenen Apartments zur Beobachtung des unbebauten Grundstücks postiert gewesen waren. Sie schworen Stein und Bein, daß niemand – »nicht mal 'ne Ratte« – sich dem Backsteinhaufen habe nähern können, ohne von ihnen gesehen zu werden.

Ich wurde ans Telefon gerufen. Chappell war am anderen Ende. Seine Stimme war rauh.

»Als ich nach Hause kam, klingelte das Telefon«, sagte er, »und er war dran.«

»Wer?«

»Mord & Co.«, sagte er. »So hat er sich gemeldet und gesagt, das nächste Mal sei ich an der Reihe. Sonst nichts. ›Hier spricht Mord & Co., das nächste Mal sind Sie dran.‹«

»Ich bin sofort bei Ihnen«, sagte ich. »Warten Sie auf mich.«

Chappell war in schlechter Verfassung, als ich bei ihm eintraf. Er zitterte wie unter Fieberschauern, und sein Blick war geradezu schwachsinnig vor Angst.

»Es ist – es ist nicht nur, daß – daß ich mich fürchte«, versuchte er zu erklären. »Ich bin – aber das ist – ich fürchte mich gar nicht so sehr, sondern – sondern das mit Louise – und – es ist der Schock und alles. Ich – «

»Ich weiß«, beruhigte ich ihn. »Ich weiß. Und Sie haben ein paar Tage nicht geschlafen. Wie heißt Ihr Arzt? Ich werde ihn anrufen.«

Er protestierte schwach, gab mir den Namen dann schließlich aber. Das Telefon klingelte, als ich darauf zuging. Der Anruf war für mich, Callahan war dran.

»Wir haben die Fingerabdrücke identifiziert«, sagte er triumphierend. »Sie gehören Dick Moley. Kennst du ihn?«

»Natürlich«, antwortete ich, »so gut wie du.«

Moley war ein Spieler, ein Revolverheld und ganz allgemein ein Gauner mit einem Strafregister, das so lang wie sein Arm war.

Callahan sagte vergnügt: »Das wird 'n harten Kampf geben, wenn wir ihn finden. Und er wird lachen, obwohl er 'n brutaler Typ ist.«

»Ich weiß«, sagte ich.

Ich erzählte Chappell, was ich gehört hatte. Wut drängte sich ihm in Gesicht und Stimme, als er den Namen des Mannes hörte, der beschuldigt wurde, seine Frau getötet zu haben.

»Schon mal was von ihm gehört?« fragte ich.

Er schüttelte den Kopf und fluchte weiter auf Moley.

Ich sagte: »Ich weiß, wo Moley zu finden ist.«

Seine Augen öffneten sich weit.

»Wo?« keuchte er.

»Wollen Sie mitkommen?«

»Soll das 'ne Frage sein?« schrie er. Müdigkeit und Enttäuschung schienen wie von ihm abgefallen.

Er stellte eine Menge Fragen, während wir das Haus verließen und in seinen Wagen stiegen. Die meisten beantwortete ich mit: »Warten Sie ab, Sie werden's schon sehen.«

»Ich kann nicht«, flüsterte er. »Ich muß – helfen Sie mir ins Haus zurück – mein Arzt.«

Ich legte ihn auf ein Sofa, brachte ihm Wasser und rief bei seinem Arzt an. Er war nicht da.

Als ich fragte, ob er einen anderen Arzt wolle, sagte er schwach: »Es geht schon wieder. Kümmern Sie sich um diesen Mann.«

»In Ordnung«, sagte ich.

Ich ging aus dem Haus, hielt ein Taxi an und setzte mich hinein. Zwanzig Minuten später stieg ein Mann die Stufen zu Chappells Haustür hinauf und klingelte. Es war Dick Moley alias Harrison M. Rockfield.

Das überraschte mich. Ich hatte erwartet, daß Chappell herauskommen würde, nicht aber, daß jemand zu ihm hineinginge. Moley verschwand im Haus, und die Tür war zu, als ich hinkam.

Ich klingelte Sturm. Drinnen krachte eine schwere Pistole zweimal los.

Ich schlug mit meiner Kanone das Glas aus der Tür, steckte die linke Hand hinein und tastete nach dem Schnappriegel.

Die schwere Pistole donnerte noch mal, und eine Kugel fetzte mir ein paar Glassplitter in die Wange, aber ich fand den Türriegel.

Mit dem Fuß stieß ich die Tür auf und feuerte auf gut Glück geradeaus. Dann bewegte sich in der dunklen Eingangsdiele etwas, und ohne abzuwarten, was es wohl sei, feuerte ich noch einmal, und als dann etwas zu Boden fiel, schoß ich in Richtung des Geräuschs.

Eine Stimme sagte: »Hören Sie auf. Es ist genug. Ich hab meine Pistole verloren.«

Es war nicht Chappells Stimme. Ich war enttäuscht.

Am Fuß der Treppe fand ich einen Schalter und knipste das Licht an. Dick Moley saß am Ende der Diele auf dem Fußboden und hielt sich das Bein.

Ich hob seine Pistole auf. »Hab ich Sie außer am Bein noch wo getroffen?« fragte ich.

»Nein. Ich wär noch völlig okay, wenn ich die Pistole nicht hätte fallen lassen, als ich wegen dem Bein den Halt verlor.«

»Sie haben 'ne Menge Wenns parat«, sagte ich. »Und ich schenk Ihnen noch eins. Sie haben sich wegen nichts außer diesem Schußloch Sorgen zu machen, wenn Sie Chappell nicht umgelegt haben.«

Er lachte. »Wenn er nicht tot ist, muß ihm wohl ziemlich mulmig sein mit zwei 44er-Kugeln im Kopf.«

»Das war dumm von Ihnen«, brummte ich.

Er glaubte mir nicht. »Es war das beste Ding, das ich je gedreht habe.«

»Yeah? Tja, und was wäre, wenn ich Ihnen sagen würde, daß ich nur auf den nächsten Schritt von ihm gewartet habe, um ihn festzunehmen?«

Auf diese Worte hin machte er große Augen.

»Yeah«, sagte ich, »aber Sie müssen hier reinplatzen und alles durcheinanderbringen. Ich hoffe, man hängt Sie dafür.« Ich kniete mich hin und begann, ihm mit meinem Taschenmesser das Hosenbein aufzuschlitzen.

»Was wollten Sie denn nur machen? Sich verstecken, nachdem Sie die Tote in Ihrer Wohnung gefunden hatten, weil Sie wußten, daß ein Bursche mit Ihrem Strafregister da kein Glück haben würde, und dann verlieren Sie auch noch den Kopf, als Sie in den Extrablättern sehen, was für 'n Ding er Ihnen angehängt hat?«

»Ja«, sagte er langsam, »aber ich bin nicht sicher, ob ich wirklich den Kopf verloren habe. Ich habe so 'ne Idee, als hätte ich dieser Ratte ziemlich genau das gegeben, was sie verdient hat.«

»Das ist 'ne tolle Idee«, sagte ich. »Wir waren drauf und dran, ihn zu fassen. Die ganze Sache machte von vornherein 'n faulen Eindruck. Niemand hatte in der ersten Nacht das Geld geholt, aber am nächsten Tag war es nicht mehr da, wie er behauptete. Tja, wir hatten nur seine Versicherung, daß er es wirklich hingelegt und es in der folgenden Nacht nicht mehr vorgefunden hatte. Nachdem er mitgekriegt hatte, daß die Stelle bewacht wurde, deponierte er dann in der Nacht drauf das Geld tatsächlich und schrieb anschließend den Brief, in dem stand, Mord & Co. wüßte, daß er zur Polizei gegangen sei. Auch das hatte nicht in der Zeitung gestanden. Und dann die Tatsache, daß die Frau getötet wurde, ehe überhaupt jemand wußte, daß sie entführt worden war. Und die Sache Ihnen anzuhängen, verworren, wie sie war – nein, da hätten Sie schon verrückt sein müssen, oder Sie hatten das Ding nicht gedreht.« Ich schlang ihm oberhalb der Schußwunde meinen Schlips ums Bein. »Wie lange haben Sie mit ihr rumgeturtelt?«

»Ein paar Monate«, antwortete er, »nur habe ich nicht geturtelt. Mir war's ernst.«

»Wieso konnte er sie dort allein erwischen?«

Moley schüttelte den Kopf. »Er muß ihr nachgegangen sein, als sie angeblich ins Kino wollte. Vielleicht hat er vor dem Haus gewartet, bis er mich rauskommen sah. Ich war keine Stunde weg. Sie war bereits kalt, als ich zurückkam. Meinen Sie, er hat die ganze Geschichte von Anfang an so geplant?« fragte Moley schließlich.

Der Meinung war ich nicht. Ich nahm an, er habe seine Frau in einem wütenden Eifersuchtsanfall getötet und sich die Sache mit Mord & Co. erst später einfallen lassen.

(erstmals in: »The Black Mask«, Nov. 1930)

Itchy, der Chevalier

Chevaleresker Bandit beraubt Bank in Oakland, schließt Beamte im Tresorraum ein, entkommt mit 2500 Dollar.

Kurz nachdem die Bay City State Bank in Oakland heute morgen ihre Tore öffnete, schloß ein unmaskierter Räuber Beamte und Angestellte im Tresorraum ein und floh mit dem Inhalt der Kasse.

Zur Zeit des Überfalls waren keine Kunden in der Bank, die Eingangstür war erst Minuten zuvor aufgeschlossen worden. Der Räuber kam ohne ein Wort von der Straße herein, zog einen Revolver und nötigte damit Milton Beecroft, den Direktor, James K. Kirkbride, den Kassierer, und Miss Marcella Redgray, eine Stenotypistin, in den Tresorraum, wobei er ihnen höflich versicherte, daß ihnen nichts passiere, solange sie nur täten, was er ihnen sage. Nachdem er sie eingeschlossen hatte, verließ der Bandit die Bank mit etwa zweitausendfünfhundert Dollar in Scheinen verschiedenen Nennwerts. Dreihundert Dollar in Silber, die sich in derselben Kasse befanden, ließ er liegen, und er übersah auch eine große Geldsumme, die im Tresorraum lagerte.

Eine halbe Stunde später befreite Beecroft sich und seine Angestellten dadurch, daß er die innere Deckplatte des Kombinationsschlosses mit einem Schraubenzieher entfernte, der zu diesem Zweck im Tresorraum aufbewahrt wird, und benachrichtigte die Polizei. Man nimmt an, daß der Bandit mit einem Automobil entkommen ist, das man zur Zeit des Überfalls in der Nähe hat stehen sehen. Den Beschreibungen nach ist er etwa dreißig Jahre alt, klein und muskulös. Bekleidet war er mit einem dunklen, groben Anzug, dunkler Mütze und Khakihemd. Die mit dem Fall betrauten Beamten sind der Ansicht, daß die Nachforschungen durch die Kleidung möglicherweise in die falsche Richtung geleitet werden sollen, da das Verhalten des Räubers das eines kultivierten und gebildeten Mannes war.«

»Was, zum Teufel?« fragte Pete. »Mußt dich vor den Typen ja mal wieder groß aufgespielt haben! Was 'n ›chevaleresk‹?«

»Ist doch alles Blech!« protestierte Itchy. »Ich hab keine Sprüche gemacht, aus denen man so 'n Quark fabrizieren könnte. Ich bin rein, hab die Knarre raus und gesagt: ›Da rein, alle Mann‹, und hab auf den Bunker gezeigt. Die Stenot ... – eine von diesen doofen Zicken – hat mich 'ne Sekunde lang beunruhigt. Ich fürchte, sie will versuchen, 'ne krumme Tour zu drehen oder laut zu kreischen oder so was: Sie hat diesen gewissen Blick im Auge. Darum sage ich, mit Nachdruck: ›Jetzt ab mir dir zu den andern, Schwester! Ich möchte dir nicht weh tun müssen.‹ Sie geht, ich knalle die Tür hinter ihnen zu, räume die Kasse aus und renn raus. Das ist alles. Es sind diese Zeitungen! So wie sie fünfundzwanzig Hunderter draus machen, wo wir doch bloß achtzehn gekriegt haben.«

Petes Mund zog sich zu einem Grinsen über die Ernsthaftigkeit dieser Verteidigung auseinander, einem Grinsen, das trotz seiner Breite die Lippen nicht nennenswert straffte oder ihnen auch nur den geringsten Anschein von Spannkraft verlieh.

»Du solltest dir 'n Stock und eins von diesen Monokeln besorgen. Hat keinen Sinn, Dinge nur halb zu tun. Komisch, daß ich's bisher nie gerafft habe, daß ich mich mit 'm Lackaffen zusammengetan habe!«

Itchy warf seinem Partner einen finsteren Blick zu und griff zu einer anderen Zeitung, in der der Raubüberfall ebenfalls einen Ehrenplatz auf der Titelseite hatte, doch stand da nichts von der Höflichkeit oder Liebenswürdigkeit des Räubers. Also las Itchy Pete die Meldung vor und danach die Version der dritten Zeitung, die gleichfalls keine zu beanstandenden Adjektive enthielt.

Aber Pete ließ sich seinen Spaß an der Sache nicht nehmen.

»Ich schätze, ich rühr wohl besser mal die Futteralien zusammen«, sagte er und trug die Pakete, die er mit den Nachmittagszeitungen nach oben gebracht hatte, zum Gasherd, der in der Ecke des Zimmers stand. »Du solltest dir deine lilienweißen Hände nicht mit Kochen ruinieren. Das ist nicht ›chevaleresk‹.«

Itchy legte seine Füße aufs Fensterbrett, lehnte sich in seinen Sessel zurück und zündete sich mit gespielter Gleichgültigkeit gegenüber den Weisheiten, die zwischen dem Topfgeklapper über die Schulter seines Partners drangen, eine Zigarette an. Es tat ihm leid, daß er nicht von vornherein mitgelacht hatte. Zu blöd, Pete eine Gelegenheit zu geben, auf ihm herumzureiten – er nahm dann jedesmal den kleinen Finger bis zum Ellbogen.

Diese verdammten Reporter, die alles verdrehten, um ja komisch zu sein. »Chevaleresk«, was immer das auch war, »höflich«, »kultiviert«, »gebildet«. Denen würde er es zeigen. Nächstes Mal würde er jemandem den Schädel eindellen, und dann sollten sie mal sehen, was sie draus machen konnten. Und was Pete betraf – der ihn jetzt mit »Itchy, der Chevalier« anredete –, wenn er das nicht drangab, würde er 'ne Abreibung beziehen. Aber feste!

In einem gestohlenen Wagen holten Itchy und Pete an diesem Morgen das Automobil ein, das sie von der Fabrik zur Bank und dann wieder halb zurück verfolgt hatten. Sie zogen vor auf gleiche Höhe, verlangsamten ihr Tempo und schoben sich seitwärts an den Wagen heran und drängten ihn gegen den Bordstein. Es gab ein kurzes Zögern auf der Seite der drei Männer in dem Wagen aus der Fabrik, dann ergaben sie sich, und ein Geldsack, der bis dahin der Auszahlung einer Lohnliste hatte dienen sollen, wechselte die Wagen. Bis auf die Flucht war danach nichts mehr zu tun.

Itchy gab Pete jedoch nicht sofort das Kommando zur Weiterfahrt. Er erinnerte sich an das Versprechen, das er sich gegeben hatte, diesmal jemandem eins auf den Kopf zu geben, um seinen Ruf von der Verleumdung der Vornehmheit zu reinigen. Er konnte die Waffe in seiner linken Hand ohne weiteres mit Schwung in das fette Narbengesicht des Fabrikangestellten gleich neben sich sausen lassen – ihm vielleicht ein paar von seinen Zähnen ausschlagen.

Er drehte sich auf seinem Sitz ein bißchen herum, um die Hebelkraft zu verbessern, und Petes Atem raspelte ihm ins Ohr. Pete war ein Partner, dem man vollkommen vertrauen konnte: Ganz egal, welch furchtbare Angst er auch haben mochte, er stand seinen Mann, kniff nicht, wenn Not am Mann war. Aber Pete hatte ständig Angst. Er hatte keine Freude an seinem Beruf, hatte keine Ahnung von dem Hochgefühl über die Macht eines gekrümmten Zeigefingers, der sich von der Welt nahm, was er wollte. Ein Raubüberfall war für Pete – von dem damit verbundenen Geld mal abgesehen, und selbst das hatte nicht die Macht, ihn während der eigentlichen Tat in Stimmung zu bringen – nicht angenehmer als für sein Opfer. War die Arbeit erst einmal getan, war jedes Getrödele für Pete die reine Qual.

Im Selbstgefühl seiner unerschütterlichen Unterdurchschnittlichkeit fand Itchy das heisere Keuchen neben sich begeisternd. Pete hatte ihn eine ganze Woche lang wegen dieser Sache in Oakland fertiggemacht, oder? Hatte ihn einen Lackaffen genannt, oder? Und »Itchy, der Chevalier«? Diesmal würde er ihn absolut zur Schnecke machen!

»Ich bedauere außerordentlich«, teilte Itchy dem Fabrikangestellten mit, »die Notwendigkeit meiner Maßnahme« – die nebelhafte Erinnerung an einen Brief, den er mal von einer Inkassofirma bekommen hatte, riß ihn soweit mit – »und ich hoffe – ich vertraue darauf, daß Sie nichts tun, was Sie bedauern würden.«

Pete hatte genug. Er beugte sich über das Steuerrad und raste die Mission Street hoch, während Itchy sich aus dem Wagen lehnte und rief: »Ich wünsche Ihnen einen guten Tag!«

Wie gefiel Pete das?

Aber Pete sagte nicht, ob ihm das gefiel oder

nicht. Er sagte gar nichts dazu, auch nicht, als sie sicher wieder zu Hause angekommen waren. Gegen Abend ging er weg, um was zu essen zu kaufen, und kam nicht wieder. Er hatte seinen Teil der Beute. Er und Itchy waren jetzt schon fast ein Jahr zusammen – sieben oder acht Monate auf der Straße und die letzten paar »kampierten« sie in diesem Hausmeisterzimmer in der Ellis Street. Pete mochte Itchy, zusammen mit ihm hatte er Glück gehabt wie nie zuvor. Aber er hatte so seine Erfahrung mit Männern, denen der Erfolg zu Kopf stieg, und er hatte nicht vor, sich in den bevorstehenden Kladderadatsch mit hineinziehen zu lassen.

Itchy wartete eine Stunde, dann ging er runter an die Ecke, um sich was zu essen und ein paar Zeitungen zu kaufen. Plötzlich verstand er, warum Pete wegen seiner Verzögerung kein Theater gemacht hatte. Na schön, wenn Pete sein Stil nicht gefiel, in Ordnung. Er würde sich einen anderen Partner suchen, oder vielleicht war er auch besser dran, wenn er allein arbeitete. Er hatte sowieso immer die ganze eigentliche Arbeit geleistet – die eigentliche Drecksarbeit –, allerdings hatte Pete es verstanden, mit dem Wagen umzugehen.

Itchy las die Nachmittagszeitungen, ehe er sich sein Essen kochte. Alle waren sich einig: Der Bandit, darin stimmten sie überein, war derselbe, der die Bank in Oakland beraubt hatte, und er sei ein Gentleman-Gangster, ein Bruder jener höflichen Dandys aus der Literatur, die so mühelos die wachsamsten Köpfe der verschiedenen Erdteile in Verwirrung brachten.

Literatur, wußte Itchy, das waren Geschichten, Bücher. Er hatte nie gedacht, daß Bücher irgendeine Beziehung zur Wirklichkeit, irgendeine Verbindung zum Leben haben könnten, aber jetzt schien es ihm, daß dem so war – und nicht nur zum Leben, sondern sogar zu ihm. Über Männer wie ihn waren Bücher geschrieben worden, das war es, was die Zeitungen sagen wollten.

Es gibt eine Schicht in der Welt der Kriminellen – entweder Räuber oder Geldschrankknakker, letztere einst noch vorherrschend, mittlerweile jedoch eine schwindende Minorität –, die hauptsächlich aus Tippelbrüdern besteht. Sie besitzen den ganzen Kastengeist dieser Unbehausten, ihre ganze Verachtung für die Annehmlichkeiten vornehmerer Lebensweisen. Oft findet man sie in den Städten, doch bei sich tragen sie all den Stolz auf ihre Widerstandsfähigkeit, auf ihre Unabhängigkeit, auf ihre Fähigkeit, selbst zu tun, was immer auch getan werden muß.

Die grelle Menge der Stadtkriminellen bekommt sie selten zu sehen: Sie tragen eine leise Geringschätzung für Frauen zur Schau, und ihre Kontakte mit ihnen sind selten und kurz. Ihr idealer Aufenthaltsort ist eine Etagenwohnung in irgendeinem schäbigen Viertel, oder wenn das nicht zu bewerkstelligen ist, ein Zimmer mit Herd, wo sie unbehelligt vom Umgang mit Köchen und anderen Erfindungen der Zivilisation leben können. Kurz, sie sind Ausgestoßene, und darin liegt ihr Stolz. Und gern gehen sie mit einer Stadt so um, als wäre sie überhaupt keine Stadt, sondern nur eine andere Art ländliche Gegend.

Itchy – der jetzt den größten Teil des Tages in seinem Zimmer herumhing, immer wieder seine drei Zeitungsausschnitte las und über den Ausdruck »Gentleman-Gangster aus der Literatur« nachdachte – gehörte zu dieser Sorte. Und sein Rang unter ihnen, rühmte er sich, war unerreicht. Er war so zäh, so unabhängig von den Behaglichkeiten träger Existenzen, so fähig, für sich selbst zu sorgen, wie nur einer.

Aber es war nicht so, als wäre er für dieses Leben geboren worden. Wenn man sich's genau überlegte, war seine Familie so gut wie nur irgendeine: Falls der Alte noch am Leben war, mußte er mittlerweile fast fünfundzwanzig Jahre Briefträger sein. Nein, seine Angehörigen waren absolut kein Ausschuß. Und Itchy hatte eine gute Erziehung bekommen, ehe er sich auf eigene Faust davonmachte: Er hatte die siebente Klasse der Grundschule hinter sich gebracht.

Wenn er also ein Landstreicher war, dann aus freiem Willen und nicht, weil er – wie Pete – zu nichts anderem taugte. Er konnte was anderes machen, wenn er wollte. Und vielleicht wollte er das sogar. An dieser Sache mit dem »Gentleman-Gangster« könnte was sein. Leute hatten Bücher über sie geschrieben...

In einem Buchladen in der Innenstadt teilte eine Verkäuferin Itchy mit, natürlich führten sie Geschichten von Gentleman-Gangstern, und sie verkaufte ihm fünf.

Am Anfang fand er sie enttäuschend, bedeutungslos. Sie hatten eigentlich überhaupt nichts mit dem Leben zu tun. Vier legte er zur Seite, nachdem er die Eingangskapitel nur zum Teil gelesen hatte, aber beim fünften Anlauf fand er Geschmack an der Sache, las das Buch ganz durch, griff noch mal auf die anderen zurück, las auch sie und ging von neuem in den Buchladen, um sich Nachschub zu holen.

Doch die Bücher waren alles in allem nicht befriedigend. Vor allem drehten sich die meisten um Einbrecher. Und obgleich diese Burschen mit ihren eleganten Klamotten und Manieren, ihrer fabelhaften Schlagfertigkeit und ihrer verblüffenden Kaltschnäuzigkeit ohne Frage ein sehr überlegener Schlag waren, konnte Itchy ihnen nicht ein Großteil der Verachtung ersparen, die er für alle Jünger dieses Gewerbes empfand. Dann wurde in vielen Geschichten der Gangster gegen Ende als Detective entlarvt, der sich auf krummen Wegen, dumm und mit vielen Unannehmlichkeiten für sich selbst, auf die Jagd nach vermißten Juwelen begeben hatte. Und falls er wirklich ein Gangster war, war es mehr als wahrscheinlich, daß er sich in den letzten paar Kapiteln besserte; aber da er normalerweise seiner finanziellen Lage aufhalf, indem er »auf die schiefe Ebene« geriet, war ihm das nicht allzusehr anzulasten.

Die Frauen, mit denen diese Burschen früher oder später zu tun bekamen, fand Itchy nach seinem Geschmack, und allein die Tatsache, daß sie ganz anders waren als alles, was er jemals kennengelernt hatte, ließ sie ihm desto glaubwürdiger erscheinen. Die, mit denen er selber ab und zu in Berührung gekommen war, waren sicherlich nicht wunderschön gewesen, selbst wenn man seine angestammte Frauenfeindlichkeit unberücksichtigt ließ. Die hier waren anders. Mehr wie – tja, das Mädchen in dem Buchladen war ungefähr in ihrer Art.

Trotzdem, man konnte über die Männer in den Büchern – die ständig bei der Arbeit überrascht wurden, die simpelsten Vorsichtsmaßregeln mißachteten, sich als unnötig naiv erwiesen und nur durch die wunderbaren Begünstigungen des Zufalls zum Erfolg gelangten – sagen, was man wollte, sie hatten was. Sie machten dicke Beute, sie wurden bewundert, sie amüsierten sich, und Leute schrieben Geschichten über sie. Wenn man zum Beispiel den nahm, der zu dem Detective sagte: »Ich hab Sie satt. Sie gehen mir auf die Nerven. Sie langweilen mich. Sie bringen mich auf die Palme. Raus mit Ihnen!« Das war weiß Gott kein schlechter Text. Man stelle sich den Gesichtsausdruck von einem Bullen vor, wenn man ihm das sagte! Aber natürlich mußte man sicher sein, daß man gut dastand, ehe man einen Hieb wie den vom Stapel ließ.

Natürlich konnte man nicht in der Gegend herumziehen und Dinger drehen, wie diese Jungs das taten; praktisch gesehen, waren sie einem nicht von Nutzen. Aber einer, der in seinem Job durch und durch Bescheid wußte, konnte, wenn er ihr Auftreten, ihre Kleidung und ihre Reden kopierte, nicht nur seine Einnahmen steigern, weil er so an Orte gelangte, von denen ihn weniger feine Manieren ausschlossen, sondern er hatte auch viel Spaß. Und die Zeitungen liebten solche Sachen. Wenn man sich nur ansah, was für ein Gewese sie um die beiden Dinger machten, die er gedreht hatte, und dabei hatte er noch nicht einmal versucht, sie besonders geckig zu machen.

Ein weiterer Besuch im Buchladen erschöpfte dessen Vorräte an einschlägiger Literatur, aber er erfuhr, was er suche, sei hin und wieder im Kino und häufig in Illustrierten zu finden.

Nun war ihm diese Sache ernst. Sein Haar war sorgfältig gescheitelt und mit einer dicken, klebrigen Substanz, die er in großen Näpfen kaufte, platt angeklatscht. Er brachte etliche Zeit auf dem Friseurstuhl zu und setzte seine Hände sogar einer Maniküre aus. Auch Schneider, Herrenausstatter, Hutmacher und Schuhgeschäft hatte er nicht außer acht gelassen.

Abends in seinem Zimmer las er sich die Geschichten laut vor und hatte das Gefühl, daß sich dadurch seine Ausdrucksweise verbesserte. Alle paar Tage suchte er den Buchladen auf, angeblich, um sich nach neuen Büchern zu erkundigen, in Wirklichkeit aber, um mit der Verkäuferin ins Gespräch zu kommen. Den Büchern konnte er zwar die richtigen Wörter entnehmen und die richtige Art, sie zusammenzubauen, aber sie vermochten ihm nicht die richtige Aussprache zu vermitteln. Dic Verkäuferin dagegen konnte es, und nicht nur die Aussprache, sondern auch den richtigen Akzent. Sie bildete ihre Wörter hoch oben im Gaumen, und sie strömten rund und klar und in einer Form hervor, von der er instinktiv wußte, daß sie richtig war. In seinem Zimmer dann wiederholte er alles, was sie gesagt hatte, indem er gewissenhaft jede Ausspracheeigentümlichkeit nachahmte.

Eines Tages würde er diesen Laden ausrauben, beschloß er. Es gab da bestimmt nicht viel

Kohle im Kasten (er mußte sich angewöhnen, Registrierkasse zu sagen, wenn er davon sprach), und mitten im Einkaufszentrum war der Laden für eine schnelle Flucht nicht günstig gelegen. Aber das Mädchen war der einzige Mensch, den er für fähig hielt, unfehlbar das Falsche vom Echten zu unterscheiden, und an ihrem Verhalten würde er den Grad seines Erfolges ablesen. Doch wollte er noch eine Weile damit warten: Noch war er für eine so schwere Prüfung nicht gerüstet, und außerdem bekam sie hin und wieder neue Bücher herein, und es war doch Blödsinn, sich diese Nachschubquelle zu verstopfen.

Ein weiterer Monat verging, bevor Itchy sich Abendkleidung bestellte. Sämtliche Bücher hatten darauf bestanden – auch Dinnerjackets erschienen angebracht –, und so entschloß er sich endlich zum Kauf. Ein Dinnerjacket bestellte er allerdings nicht. Er war der Meinung, wenn er schon diesen Schritt nach vorn unternahm, konnte er ihn ebensogut entschlossen tun und sich nicht mit einem Kompromiß zwischen Förmlichkeit und Zwanglosigkeit aufhalten, den das Dinnerjacket in seinen Augen darstellte. Die Bezeichnung hatte ihn eine Zeitlang verwirrt. Doch einer geeigneten Illustration in einem der Bücher hatte er entnommen, daß das Dinnerjacket nichts weiter als die Jacke eines Smokings war, die man gesondert erstand, so daß die Hose des formelleren Anzugs einem doppelten Zweck dienen konnte – eine kleinliche Sparmaßnahme, über die er die Nase gerümpft hatte.

Gleich von Anfang an trug er die neuen Sachen jeden Abend, was ihn dazu zwang, eine Zeitlang zu Hause zu bleiben, bis er sich an sie gewöhnt hatte. Aber normalerweise blieb er sowieso am Abend in seinem Zimmer. Er hatte keine Sehnsucht nach der Gesellschaft seiner früheren Kumpels. Er wußte, wie sie diesen neuen Itchy mit seinen Seidenhemden und Seidenstrümpfen, seinem sorgfältig gepflegten Gesicht und den manikürten Händen, dem glänzenden Haar und der ganzen eleganten Kleidung begrüßen würden. Und für die, die sich kleideten wie er – das grellbunte Stadtgelichter –, hatte er nichts von seiner einstigen Verachtung verloren.

Etwa um diese Zeit wurde er sich seines Spitznamens unangenehm bewußt. Er hatte sich an ihn gewöhnt, empfand ihn längst als natürlicheren Teil seiner selbst als seinen Taufnamen Floyd, doch als er nun im Hinblick auf seine Entwicklung darüber nachdachte, empfand er ihn als abstoßend. Er hatte ihn vor fünf oder sechs Jahren erhalten, als er im Obdachlosencamp außerhalb von Fresno eines Nachts mit ein paar Kumpels an einem Feuer gesessen hatte. Wild hatte er an den Flohbissen herumgekratzt, die damals seinen ganzen Körper bedeckten, und irgendein alter Besoffener auf der anderen Seite des Feuers hatte ihm den Namen an den Kopf geworfen. Zusammen mit den anderen hatte er gelacht; der Name war an ihm kleben geblieben.

Aber welchen Unterschied hatte es schon gemacht? Ein Name war so gut wie jeder andere. Er war zu einem Teil von ihm geworden. Jetzt dagegen war ein Name nicht mehr so gut wie jeder andere. Und obgleich es eher wahrscheinlich war, daß er mit denen, die ihn darunter kannten, nie mehr in Berührung kam, konnte der Name doch zu den unerwartetsten Zeiten plötzlich wieder auftauchen und ihn in Verlegenheit bringen. Falls er neue Teilhaber fand – was er zweifellos bald tun würde –, wollte er dafür sorgen, daß sie ihn als »Chevalier« kennenlernten – das war viel besser als »Itchy«, das klang wirklich gut.

Weitere vierzehn Tage, und Itchy trug seinen korrekten Abendanzug auf der Straße und in den Lobbies der besseren Hotels, wo er ein, zwei Stunden herumtrödelte und auf die herabsah, deren gewöhnlichere Kleidung Tag und Nacht ihren Dienst tat. Und als die Vertrautheit mit seinen neuen Kleidern weiter zunahm, reizte es ihn immer mehr, sie bei einem Raubüberfall zu tragen. Allerdings widerstand er dem noch eine Weile.

Innerhalb der nächsten zwei Monate überfiel er ein kleines Juweliergeschäft und das Büro einer Wäscherei. Mittlerweile fühlte er sich in seiner neuen Maske sicher, und in beide Überfälle brachte er durch ausgiebige Zitate aus den Büchern, die er gelesen hatte, Schwung, außerdem extemporierte er ein bißchen. Im Büro der Wäscherei hatte er darüber hinaus das Glück, zwei Mädchen zu begegnen, die auf die gleiche Art Literatur versessen waren, und wie sie sein Auftreten zu würdigen wußten, das war wirklich höchst erfreulich. Und noch erfreulicher war der Eifer, mit dem die Presse die Geschichten der Mädchen aufgriff, sie bis ins Detail ausfeilte, ausschmückte und in aller Ausführlichkeit der Welt zur Lektüre vorsetzte. Itchy bekam eine Spalte nach der anderen – sogar Leitartikel.

Das Foyer eines Theaters, kurz bevor die Kasse schloß, war eines Abends der Schauplatz der Feuertaufe für seine Abendkleidung. Den Zylinder hatte er, natürlich, am Ende doch zu Hause gelassen: Es hatte keinen Sinn, die Sache zu übertreiben.

Sein leichter Überzieher hing lässig zu beiden Seiten herab und enthüllte das volle Helldunkel seiner untadeligen Aufmachung, während er das Mädchen hinter den Gitterstäben anlächelte und bewundernswert mit dem herumhantierte, was er an sprachlichen Reizen kannte. Und das Mädchen, nachdem es sich an den Anblick der Pistole in seiner Hand einigermaßen gewöhnt hatte, genoß den Raubüberfall möglicherweise ebenso wie er.

Trotzdem schlug sie Alarm, kaum daß er weg war.

Zufällig waren an dem Abend nur noch zwei andere Männer in Abendkleidung auf der Straße, und der eine von ihnen war sehr lang und der andere sehr alt. Und so kam es, daß die Polizei, obwohl sie ihr Opfer einmal an der Ecke Powell und Geary Street und dann noch einmal für einen Augenblick an der Mason und Sutter Street verfehlte, dennoch nur wenige Minuten nach Itchy vor seiner Behausung ankam – er hatte jetzt eine Wohnung in der California Street.

Eine aufgebrochene Tür, eine Kugel ging ins Leere, ein Schlag oder zwei, und Itchy war gefaßt.

In einem kaum möblierten Raum der Hall of Justice saß Itchy dann inmitten von lauter Detectives.

»So, mein Lieber«, grinste einer von ihnen seinen höhnischen Triumph auf das leicht zerknitterte Schwarz und Weiß der Kleidung des Gefangenen herunter, »dich haben wir.«

Itchys Blick lief kühl an der Kreislinie der Gesichter entlang, bis er auf dem Sprecher verweilte, äußerste Nonchalance lag in der Art, wie Itchy die Beine übereinandergeschlagen hatte.

»Ich habe Sie satt. Sie langweilen mich. Sie gehen mir auf die Nerven. Sie bringen mich auf die Palme. Sie sind ein riesengroßer Trottel!«

(erstmals in: »Brief Stories«, Jan. 1924, unter dem Pseudonym Peter Collinson und dem Titel »Itchy«)

Der Engel vom ersten Stock

Carter Brigham – Carter Webright Brigham, wie es im Inhaltsverzeichnis verschiedener populärer Zeitschriften heißt –, wachte mit einem Ruck auf, wobei er zu plötzlich vom Unbewußten zu voller Wachheit gelangte, um darüber im Zweifel zu sein, daß sein Schlaf durch etwas gestört worden war, das von außen kam.

Der Mond schien nicht, und seine Wohnung lag auf der der Straßenbeleuchtung entgegengesetzten Seite des Hauses; die Dunkelheit um ihn her war vollkommen – er konnte nicht einmal bis zum Fußende seines Bettes sehen.

Mit angehaltenem Atem und ohne sich nach dem Schreck des Erwachens zu rühren, lag er mit gespannten Augen und Ohren da. Fast im selben Moment hörte er ein Geräusch – vielleicht eine Wiederholung dessen, was ihn geweckt hatte – aus dem Nebenzimmer: das verstohlene Schleifen von Füßen über den Holzfußboden. Eine Sekunde Stille, dann kratzte ein Stuhl über den Fußboden, als würde er von einem unachtsamen Schienbein von der Stelle gerückt.

Dann wieder Stille, dann ein leises Rascheln,

wie von einem Körper, der an der rauhen Papiertapete entlangstrich.

Nun war Carter Brigham weder ein Held noch ein Feigling, aber er war nicht bewaffnet. Es gab in seiner Wohnung nichts Tödlicheres als ein Paar Kerzenleuchter, aber die – zur Not durchaus keine verachtenswerten Waffen – befanden sich hinten in dem Zimmer, aus dem die Geräusche kamen.

Hätte er nach seinem Erwachen nur sehr leise und wenige Geräusche im anderen Zimmer gehört – ein Rascheln, wie es selbst der geschickteste Einbrecher möglicherweise nicht vermeiden konnte –, dann hätte sich Carter wohl damit zufriedengegeben, im Bett zu bleiben und zu versuchen, den Einbrecher dadurch zu verscheuchen, daß er ihn anschrie. Keinesfalls hätte er außer acht gelassen, daß bei einem Handgemenge unter diesen Voraussetzungen alle Vorteile auf seiten des Räubers lagen.

Aber dieser spezielle Räuber hatte einen ziemlichen Lärm veranstaltet, war gegen einen Stuhl gestolpert und hatte gezeigt, daß er für lautlose Operationen wenig begabt war. Daß ein unerfahrener Einbrecher ohne weiteres ebenso gefährlich sein konnte wie ein erfahrener, kam dem Mann im Bett nicht in den Sinn.

Vielleicht lag es daran, daß in den vielen Kriminalgeschichten, die er geschrieben hatte, die tödlichen Gefahren immer mit Geschick und

Erfahrung verbunden und die Pfuscher vergleichsweise harmlos waren und leicht überwältigt werden konnten und für ihn diese Theorie allmählich zur Wahrheit geworden war. Schließlich, wenn jemand etwas oft genug sagt, wird er höchstwahrscheinlich früher oder später irgendwie daran glauben.

Wie dem auch sei, Carter Brigham ließ seinen durchaus muskulösen Körper vorsichtig aus dem Bett gleiten und schlich auf leisen, nackten Sohlen auf die offene Tür des Zimmers zu, aus dem das Geräusch gekommen war. Er bewegte sich zu einem Punkt neben der Tür des Nachbarzimmers, wo er mit dem Rücken gegen die Wand gepreßt stehenblieb.

Wo Carter jetzt war, herrschte genauso große Dunkelheit wie dort, woher er gekommen war; und so blieb er reglos stehen und wartete darauf, daß der Räuber verriet, wo er sich befand.

Seine Geduld wurde nicht zu sehr strapaziert. Schon bald war der Einbrecher wieder zu hören; und dann nahm Carter vor dem Rechteck des Fensters – das kaum heller war als das übrige Zimmer – einen nur um eine Nuance dunkleren, menschenförmigen Schatten wahr, der auf ihn zukam. Gleich aber bewegte er sich aus dem Fensterausschnitt wieder hinaus und verschwand erneut in der Finsternis.

Mit angespanntem Körper rührte Carter sich nicht, bis er meinte, der Einbrecher habe genug

Zeit gehabt, einen Punkt zu erreichen, wo keine Möbel im Weg standen. Und unvermittelt stürzte er sich mit zum Greifen bereiten Händen an weit ausgebreiteten Armen nach vorn.

Er rammte den Eindringling mit der Schulter, und beide stürzten zu Boden. Ein Unterarm reckte sich nach Carters Hals und preßte sich in ihn. Er riß ihn weg und bekam einen Schlag auf die Wange. Es gelang ihm, einen Arm um den Körper des Einbrechers zu schlingen, und mit der noch freien Faust schlug er zurück. Sie rollten ein-, zweimal über den Fußboden, bis sie von den Beinen eines massiven Tisches aufgehalten wurden, der Einbrecher zuoberst.

Mit wilder Begeisterung über seine Stärke, die sich im bisherigen Getümmel als dem anderen deutlich überlegen erwiesen hatte, drehte Carter seinen Körper herum, wodurch er seinen Widersacher gegen den schweren Tisch schmetterte. Dann stieß er eine Faust in den Körper, den er gerade abgeschüttelt hatte, rappelte sich hoch auf seine Knie und versuchte den Einbrecher an der Kehle zu packen. Als er sie gefunden hatte, stellte er fest, daß der Räuber regungslos und ohne sich zu wehren auf dem Rücken lag. Mit einem triumphierenden Lachen stand Carter auf und schaltete das Licht an.

Das Mädchen am Boden rührte sich nicht.

Halb liegend, halb gegen den Tisch gelehnt, gegen den er sie geschleudert hatte, gab sie kein

Lebenszeichen von sich. Eine stille, verrenkte Gestalt in einem streng geschnittenen schwarzen Anzug – aus dem ein Ärmel an der Schulter herausgerissen war –, mit einem ungebändigten Gewirr kurzer kastanienbrauner Haare über einem Gesicht, das kreidebleich war, bis auf die Stellen, wo Carters Schläge es verfärbt hatten. Die Augen des Mädchens waren geschlossen. Ein Arm war über den Boden vom Körper weggespreizt, der andere lag schlaff an ihrer Seite; ein seidiges Bein war ausgestreckt, das andere lag eingeknickt unter ihr.

Ihr Hut, eine kleine, schwarze Toque, war in eine Zimmerecke gerollt, und nicht weit davon lag ein winziges Hebeeisen, die Brechstange, mit der sie sich Einlaß verschafft hatte.

Das Fenster über der Feuerleiter – nachts immer verschlossen – stand weit offen. Der Verschluß hing verbogen nach unten.

Mechanisch, systematisch – bis vor kurzem noch war er Reporter bei einer Morgenzeitung gewesen, und die Lektionen von Jahren verlernt man nicht in wenigen Wochen – nahmen Carters Augen diese Einzelheiten wahr und teilten sie seinem Gehirn mit, während er sich bemühte, seiner Verblüffung Herr zu werden.

Erst nach einer Weile nahm sein Verstand die Tätigkeit wieder auf; er ging zu dem Mädchen und beugte sich herab. Ihr Puls ging regelmäßig, aber andere Lebenszeichen gab sie nicht von sich. Er hob sie vom Boden hoch und trug sie zur Ledercouch auf der anderen Seite des Zimmers. Dann holte er kaltes Wasser aus dem Bad und nahm den Brandy aus dem Bücherschrank. Reichliches Zuführen des ersteren auf Schläfen und Gesicht und des letzteren zwischen ihre Lippen brachte schließlich ein Zittern um ihren Mund und ein Beben auf ihre Lider.

Bald darauf öffnete sie die Augen, blickte sich verwirrt im Zimmer um und versuchte sich aufzusetzen. Er drückte ihren Kopf vorsichtig zurück auf die Couch.

»Bleiben Sie noch einen Augenblick liegen – bis Sie sich besser fühlen.«

In diesem Moment schien sie ihn zum erstenmal zu sehen und sich zu erinnern, wo sie war. Sie zog den Kopf unter seiner besänftigenden Hand weg, setzte sich auf und schwang die Füße auf den Boden.

»Also hab ich wieder mal den kürzeren gezogen«, sagte sie mit versuchter Gleichgültigkeit, in der nur ganz leicht Bitterkeit mitschwang, während ihr Blick auf seinen traf. Ihre Augen waren grün und sehr groß, und sie erhellten ihr Gesicht, das ohne ihr sanftes Licht zu düster erschienen wäre, um Schönheit auszustrahlen, trotz der Regelmäßigkeit seiner Züge.

Carters Blick fiel auf ihre farblosen Wangen, auf denen seine Knöchel bläuliche Striemen hinterlassen hatten.

»Tut mir leid, daß ich Sie geschlagen habe«, entschuldigte er sich. »Im Dunkeln dachte ich, Sie wären ein Mann. Ich hätte nicht – «

»Vergessen Sie's«, befahl sie kühl. »Gehört alles zum Spiel.«

»Aber ich – «

»Ach, hören Sie auf!« Ungeduldig. »Ist doch völlig gleichgültig. Ich bin okay.«

»Das freut mich.«

Seine nackten Zehen gelangten in sein Blickfeld, und er ging, um in Pantoffeln und Morgenmantel zu schlüpfen. Als er zu ihr zurückkam, beobachtete ihn das Mädchen schweigend, unverhohlenen Trotz im Gesicht.

»Also«, schlug er vor und zog sich einen Stuhl heran, »wie wär's, wenn Sie mir die ganze Geschichte erzählten.«

Sie lachte kurz auf. »Ist eine lange Geschichte, und die Bullen sollten jetzt jede Minute hiersein. Gibt keine Zeit, sie zu erzählen.«

»Die Polizei?«

»Hmm.«

»Aber ich habe sie nicht gerufen! Warum sollte ich?«

»Weiß der Himmel!« Sie sah sich im Zimmer um, dann blickte sie ihm plötzlich direkt in die Augen. »Wenn du glaubst, ich werd mir meine Freiheit erkaufen, Herzchen« – ihre Stimme war eiskalt und unverschämt – »bist du schwer auf dem Holzweg!«

Er wies den Gedanken von sich. Dann: »Wie wär's, wenn Sie mir dennoch alles erzählten.«

»Scharf drauf, 'ne Tränengeschichte zu hören?« höhnte sie. »Also, sie geht so: Ich hatte 'n bißchen Pech bei den letzten paar Dingern, die ich gedreht habe, und mußte abtauchen – so tief, daß ich ein, zwei Tage nicht mal was zu essen hatte. Mir war klar, ich mußte noch 'n krummes Ding einfädeln, um mir Reisegeld zu verschaffen – damit ich für 'ne Weile aus der Stadt verduften konnte. Und das hier war's! Mir war irgendwie schwindlig, weil ich nichts gegessen hatte, deshalb der ganze Krach; aber trotzdem« – mit einem verächtlichen Lachen – »würden Sie mich niemals geschnappt haben, wenn ich 'ne Pistole bei mir gehabt hätte!«

Carter war aufgesprungen.

»Da ist was im Eisschrank. Essen wir was, ehe wir weiterreden.«

Vom offenen Fenster her, durch das das Mädchen eingestiegen war, drang ein Grunzen zu ihnen herüber. Beide drehten sich rasch danach um. Im Fenster eingerahmt, stand ein bulliger Mann mit rotem Gesicht, der einen glänzenden blauen Sergeanzug und eine schwarze Melone trug. Er schwang eins von seinen dicken Beinen über das Fensterbrett und kam mit schwerfälliger, bärenhafter Beweglichkeit ins Zimmer.

»Na, na«, kamen selbstgefällig die Worte unter einem kurzgeschnittenen grauen Schnurrbart aus seinem dicklippigen Mund, »wenn das man nicht meine alte Freundin Angel Grace ist!«

»Cassidy!« rief das Mädchen schwach und verfiel gleich darauf wieder in düstere Gleichgültigkeit.

Carter machte einen Schritt vorwärts.

»Was – ?«

»Is schon in Ordnung!« versicherte der Ankömmling und zeigte ihm eine glänzende Marke. »Detective Sergeant Cassidy. Ich kam grade vorbei und sah, wie jemand Ihre Feuerleiter hochstieg. Beschloß zu warten, bis die Person wieder rauskäme, um sie mit der Beute zu schnappen. Hatte keine Lust mehr zu warten und bin hochgekommen, um mal nachzusehen.«

Vergnügt wandte er sich an das Mädchen.

»Und nun stellt sich raus, daß es Angel höchstpersönlich ist! Na komm, Kleine, wir machen 'ne hübsche Spazierfahrt.«

Carter streckte beschwichtigend die Hand aus, als das Mädchen schon ergeben auf den Detective zugehen wollte.

»Einen Augenblick! Können wir das nicht irgendwie regeln? Ich möchte die Dame nicht belangen.«

Cassidy schielte boshaft von dem Mädchen auf Carter und wieder zurück, dann schüttelte er den Kopf.

»Geht nicht! Angel wird wegen 'nem halben Dutzend oder mehr krummer Dinger gesucht. Macht kein' Unterschied, ob Sie sie anzeigen oder nicht – sie wird so oder so für ziemlich lange verschwinden.«

Das Mädchen nickte zustimmend.

»Danke, mein Alter«, sagte sie zu Carter mit dem nur teilweise erfolgreichen Versuch, unbekümmert zu erscheinen, »aber ich werd wirklich dringend gesucht.«

Aber Carter wollte sich nicht kampflos ergeben. Die Götter schickten doch nicht jeden Abend der Woche einen echten weiblichen Gangster aus Fleisch und Blut in die Wohnung eines Schriftstellers! Um den Erhalt eines solchen Geschenks lohnte es sich zu kämpfen. Das Mädchen, dachte er, muß über Stoff für Tausende und aber Tausende von Wörtern für Romane und Erzählungen verfügen. War das ein Segen, auf den man so einfach verzichtete? Und dann war ihre Attraktivität an sich schon etwas; und einen noch stärkeren Anspruch auf seinen Beistand – wenn auch vielleicht nicht so einfach zu erklären – stellte die marmorierte Fläche dar, die seine Fäuste auf ihrer glatten Haut hinterlassen hatten.

»Könnten wir das nicht irgendwie arrangieren?« fragte er. »Könnten wir es nicht so hinbiegen, daß die Beschuldigungen für den Moment – äh – inoffiziell ignoriert werden könnten?«

Cassidys schwere Augenbrauen senkten sich, und die Röte seines Gesichts wurde noch ein Stück dunkler.

»Wollen Sie versuchen, mich – « Er hielt inne, und seine kleinen blauen Augen verengten sich so, daß sie fast vollständig verschwanden. »Reden Sie weiter! Sie haben das Wort.«

Bestechung, das wußte Carter, war eine ernste Sache, und ganz besonders, wenn man einem Gesetzesvertreter damit kam. Das Gesetz läßt sich durch einen einzelnen nicht so einfach aufheben, verfälschen. Dieser mächtigen Maschinerie ein paar Stückchen grünbedrucktes Papier hinzuwerfen und zu erwarten, daß man sie so von ihrem Kurs abbrachte, war, gelinde gesagt, ein tollkühnes Unterfangen.

Doch das Gesetz, wie es vom dicken Cassidy in seinen ausgebeulten, nicht allzu reinlichen Kleidern repräsentiert wurde, schien, obgleich es ohne Zweifel immer noch das Gesetz war, fraglos weniger erhaben, weniger unnahbar. Es nahm fast menschliche Züge an – die Züge eines Mannes, der nicht gänzlich ohne Fehl war. Genaugenommen hielt das Gesetz in diesem Moment mit kleinen blauen Augen Ausschau, die sichtlich geldgierig waren, auch wenn sie in einem Pokergesicht saßen.

Carter zögerte, um nach den Worten zu suchen, in die sein Angebot am reizvollsten zu verpacken war, aber der Detective entband ihn von der Notwendigkeit, das Thema richtig anzupacken.

»Hör'n Sie zu, Mister«, sagte er freimütig. »Ich versteh genau, was Sie wollen. Aber ehrlich gesagt, glaube ich nicht, daß es das wert wäre, was es sie kosten würde.«

»Was würde es denn kosten?«

»Naja, als Belohnung sind vierhundert für sie ausgesetzt, soweit ich weiß – vielleicht noch mehr.«

Vierhundert Dollar! Das war erheblich mehr, als Carter zu zahlen erwartet hatte. Trotzdem, er konnte von ihr Stoff erhalten, der ein paarmal soviel wert war.

»Abgemacht!« sagte er. »Vierhundert!«

»Pah!« polterte Cassidy. »Das bringt mir doch nix! Für was für 'n Trottel halten Sie mich eigentlich? Wenn ich das Mädel übergebe, krieg ich ja schon so viel, von den Aussichten auf 'ne Beförderung mal abgesehen. Welchen Sinn soll's denn dann zum Teufel noch mal haben, wenn ich sie für die gleiche Summe laufen lasse und das Risiko eingeh, selber eingesperrt zu werden, wenn's rauskommt?«

Carter sah die Berechtigung von Cassidys Standpunkt.

»Fünfhundert«, bot er.

Cassidy schüttelte nachdrücklich den Kopf.

»Ehrlich gesagt, für unter tausend rühr ich die Sache nicht an – und Sie wären 'n Dummkopf, wenn Sie so viel bezahlen würden! Sie ist 'n klasse Mädel, sicher, aber auf der Welt wimmelt's von welchen, die genauso klasse sind und Sie 'ne Masse billiger kommen.«

»Tausend kann ich nicht zahlen«, sagte Carter langsam; er hatte nur ein paar Dollar mehr als das auf der Bank.

Sein gesunder Menschenverstand mahnte ihn, sich um des Mädchens willen nicht völlig zu verausgaben, er wies ihn warnend darauf hin, daß die Zahlung von auch nur fünfhundert Dollar für ihre Freiheit schon ein Schritt über die Grenzen jeder Vernunft hinaus wäre.

Er hob den Kopf, um seine Niederlage einzugestehen und Cassidy zu sagen, daß er das Mädchen mitnehmen könne; dann richteten sich seine Augen auf sie. Zwar bemühte sie sich immer noch, die Haltung ironischer Gleichgültigkeit gegenüber ihrem Schicksal aufrechtzuerhalten, und tatsächlich gelang ihr ein sorgloses Lächeln, doch ihr Kinn zitterte und ihre Schultern waren nicht mehr herausfordernd gestrafft. Alle Gebote der Vernunft waren wirkungslos angesichts dieser offensichtlichen Verzweiflung.

Unwillkürlich entschlüpften Carter die Worte: »Das Höchste, was ich kann, sind siebenhundertfünfzig.«

Cassidy schüttelte lebhaft den Kopf, doch nahm er eine Seite seiner Unterlippe zwischen die Zähne, was der ablehnenden Geste ihre Endgültigkeit nahm.

Das Mädchen, durch die Unentschlossenheit des Detective Sergeant in Bewegung gebracht, legte ihm spontan die Hand auf den Arm und fügte der Versuchung des Geldes das Gewicht ihrer Persönlichkeit hinzu.

»Kommen Sie, Cassidy«, flehte sie. »Seien Sie ein netter Kerl – gönnen Sie mir 'ne Pause! Nehmen Sie die sieben-fuffzig! Ihr Ruf ist gut genug, auch ohne daß Sie mich einbuchten!«

Abrupt wandte sich Cassidy an Carter. »Ich mach mich zum Idioten, aber geben Sie mir die Moneten!«

Beim Anblick des Scheckbuchs, das Carter aus einer Schreibtischschublade nahm, bockte Cassidy von neuem und verlangte Bargeld. Schließlich überredeten sie ihn, die als »Barscheck« ausgestellte Zahlungsanweisung anzunehmen.

An der Tür drehte er sich noch mal um und drohte Carter mit seinem dicken Finger.

»Vergessen Sie nicht«, warnte er, »wenn Sie irgendwelche komischen Tricks mit diesem Scheck versuchen, schnapp ich mir Sie, und wenn ich Ihnen was Falsches anhängen muß!«

»Es wird keine komischen Tricks geben«, versicherte ihm Carter.

Am Hunger des Mädchens gab es keinen Zweifel: Gierig nahm sie kalten Braten, Salat,

Brötchen, Kuchen und Kaffee zu sich – was Carter auch vor sie hinstellte. Keiner von beiden sprach viel, während sie wieder und wieder zugriff. Das Essen fand ihre ungeteilte Aufmerksamkeit, wogegen Carter damit beschäftigt war, darüber nachzudenken, wie sich aus dieser günstigen Gelegenheit der größtmögliche Nutzen ziehen ließe.

Als sie bei den Zigaretten waren, wurde das Mädchen etwas zutraulicher, und er redete ihr zu, von sich zu erzählen. Aber offensichtlich hatte sie ihn unter reichlich Vorbehalten akzeptiert, und sie tat nicht so, als wolle sie ihre Wachsamkeit verringern.

Sie erzählte ihm ihre Geschichte kurz und ohne ins Detail zu gehen.

»Mein Alter hieß John Cardigan, war aber weit bekannter unter dem Namen ›Pappkarton-John‹, wegen dem Trick, seine Werkzeuge in einem harmlos aussehenden Schuhkarton mit sich rumzutragen. Auch wenn ich es bin, die das sagt, er war ein so raffinierter Einbrecher wie wenige im Metier! An Ma kann ich mich nicht sehr gut erinnern. Sie ist gestorben oder weggegangen oder irgendsowas, als ich noch klein war, und der Alte mochte nicht über sie reden.

Aber ich hatte 'ne so gute Erziehung, kriminell gesehen, wie man sich das nur denken kann. Da war mein Alter, eine Kanone in seinem Fach, und mein älterer Bruder Frank – augenblicklich sitzt er 'ne Knaststrafe zwischen ein und vierzehn Jahren in Deer Lodge ab –, der mit 'm Dosenöffner alles andere als 'ne Niete war, Safeknacken, Sie verstehn. Zwischen ihnen und den Banden, mit denen sie zusammenarbeiteten, kriegte ich in 'ner gewissen Richtung 'ne ziemlich gute Ausbildung.

Alles lief prima, ich besorgte die Wirtschaft für den Alten und Frank, und sie gaben mir alles, was ich wollte, bis der Alte eines Nachts in Philly von einem Nachtwächter umgelegt wurde. Dann, ein paar Wochen drauf, wurde Frank in 'nem Kaff drüben in Montana hoppsgenommen – Great Falls. Das brachte mich mächtig in die Klemme. Wir hatten nicht viel auf der Kante – wie gewonnen, so zerronnen –, und das, was wir hatten, schickte ich an Franks Verteidiger, einen Anwalt, damit er ihn rausholte. Aber es war zwecklos, sie hatten ihn fest in der Mache und verknackten ihn.

Danach mußte auch ich sehn, wo ich blieb. Entweder machte ich zu Geld, was mir der Alte und Frank beigebracht hatten, oder ich mußte auf die Straße. Natürlich hätte ich nicht wirklich auf die Straße gemußt, es gab reichlich Männer, die bereit waren, mich bei sich aufzunehmen, es ist bloß so, daß es 'ne saumäßige Art ist, sich seinen Lebensunterhalt zu verdienen. Ich will niemandem gehören!

Vielleicht denken Sie, ich hätte mir 'n Job

irgendwo in 'nem Geschäft oder 'ner Fabrik oder so besorgen können. Aber erstens ist es für 'n Mädchen ohne Erfahrung schwer, genug Zaster reinzukriegen, um davon zu leben, und dann kannte mich die Hälfte aller Kriminaler in der Stadt als die Tochter vom Alten, und die hätten's nicht für sich behalten, hätten sie erst rausgekriegt, daß ich irgendwo arbeitete – hätten sich gedacht, ich hätt mir 'n Job verschafft, um irgend 'ne Bande drauf anzusetzen.

Und nachdem ich über das Ganze nachgedacht hatte, beschloß ich, die Masche vom Alten zu probieren. Das ging zuerst ganz einfach. Ich kannte alle Tricks, und es war nicht schwer, sie in die Praxis umzusetzen. Auch daß ich 'n Mädchen bin, kam mir zugute. Ein paarmal, als ich geschnappt wurde, glaubten mir die Leute aufs Wort, daß ich aus Versehen die falsche Wohnung erwischt hätte.

Aber ein Mädchen zu sein, hat auch seine Nachteile. Als einzige aktive Frau im Gewerbe war meine Arbeit irgendwie auffällig, und es dauerte nicht lange, da hatten die Bullen Hinweise auf mich. Ich wurde 'n paarmal festgenommen, doch zum Glück hatte ich 'n guten Anwalt, und sie konnten mir nichts anhängen und ließen mich wieder laufen; aber sie vergaßen mich nicht.

Dann hatte ich 'n paarmal Pech und drehte 'n paar Dinger, von denen sie wußten, die konnten sie mir verpassen, und so fingen sie an, im Ernst nach mir zu suchen. Um alles noch schlimmer zu machen, hatte ich die Gefühle von 'ner ganzen Menge Jungs verletzt, die gelegentlich bei mir zu landen versucht hatten, und die hatten mich bei allen schlechtgemacht – ich wär hochnäsig und so weiter, und das hat mir bei den Leuten nicht gerade genützt, die mir hätten helfen können, als ich im Dreck saß.

Außer daß ich mich also vor den Bullen verstecken mußte, hatte ich mich auch vor der Hälfte der Gangster in dem verdammten Nest hier in acht zu nehmen, aus Angst, sie würden mich verpfeifen – an die Bullen verraten. Dieses Gequatsche von wegen Ehre unter Dieben gilt in New York nicht sehr viel!

Schließlich wurde es so schlimm, daß ich nicht mal mehr in mein Zimmer konnte, wo meine Kleider und das, was ich an Geld hatte, waren. Ich saß in ein Kabuff eingesperrt, das ich auf der anderen Seite der Stadt hatte, hielt nach Bullen Ausschau, die die Bude beobachteten, und wußte, wenn ich mich sehen ließ, war ich geliefert.

Ich konnte das nicht durchhalten, besonders, als ich nichts mehr zu essen hatte und niemanden kriegte, dem ich trauen konnte, und also hab ich's heute nacht drauf ankommen lassen und bin übers Dach, um die erste geeignete Bude auszunehmen, die mir in die Quere kam;

für was zu essen und 'ne Fahrkarte aus der Stadt raus.

Und dann hab ich mir das Haus hier ausgesucht, und damit wär ich mit meiner Geschichte in der Gegenwart angekommen.«

Beide schwiegen eine Weile, während sie Carter aus den Augenwinkeln beobachtete und anscheinend zu lesen versuchte, was in ihm vorging, und er die Geschichte in seinem Kopf herumwälzte und ihre literarischen Möglichkeiten bewunderte. Dann sprach sie von neuem, und nun hatte ihre Stimme wieder dieses leicht Metallische, das sie gehabt hatte, ehe sie in ihrer Konzentration auf die Geschichte etwas von ihrer Vorsicht aufgegeben hatte.

»So, alter Freund, ich weiß nicht, was für 'n Spiel Sie spielen, aber ich hab Sie ja gleich gewarnt, daß ich mich auf nichts einlasse.«

Carter lachte. »Angel Grace – der Name paßt zu Ihnen. Der Himmel muß Sie mir geschickt haben«, sagte er, und dann setzte er ein bißchen verlegen hinzu: »Mein Name ist Brigham, Carter Webright Brigham.«

Er hielt geradezu erwartungsvoll inne – nicht vergebens.

»Doch nicht der Schriftsteller?«

Daß sie ihn sofort erkannte, veranlaßte ihn, sie anzustrahlen – noch hatte er nicht die Erfolgsstufe erklommen, wo er erwarten konnte, daß jeder seinen Namen kannte.

»Sie haben was von meinen Sachen gelesen?« fragte er.

»Aber ja! ›Das Gift reicht nur für einen‹ und ›Das Vermächtnis‹ in *Warner's Magazine*, ›Die Nemesis GmbH‹ im *National* und alle Ihre Geschichten in *Cody's*!«

Ihre Stimme, auch ohne das zusätzliche Zeugnis der Bewunderung, die an die Stelle der Berechnung in ihrem Blick getreten war, ließ ihn nicht im Zweifel, daß ihr seine Geschichten wirklich gefallen hatten.

»Also, das beantwortet die Sache wohl«, erklärte er ihr. »Das Geld, das ich Cassidy gegeben habe, war eine Investition. Die Sachen, die Sie mir erzählen können, werden sich geradezu von selber schreiben, und die Zeitschriften werden sie mir aus den Händen reißen!«

Komischerweise schien ihr die Mitteilung, daß sein Interesse rein beruflich war, keine Freude zu bereiten, im Gegenteil: Im klaren Grün ihrer Augen tauchten kleine Schatten auf.

Als Carter sie sah, setzte er aus einer intuitiven Besorgnis heraus eilig hinzu: »Aber ich nehme an, ich hätte das gleiche getan, auch wenn ich auf keine Geschichte gehofft hätte – ich konnte es doch nicht zulassen, daß der Kerl Sie ins Gefängnis geschafft hätte.«

Sie lächelte ihn daraufhin zwar immer noch mißtrauisch an, aber ihre Augen wurden wieder klar.

»Das ist ja alles sehr schön«, bemerkte sie, »soweit jedenfalls. Aber Sie dürfen nicht vergessen, daß Cassidy nicht der einzige Schnüffler in der Stadt ist, der Jagd auf mich macht. Und vergessen Sie nicht, daß Sie sich wahrscheinlich selber ganz schön in Gefahr begeben, wenn Sie mir helfen.«

Carter kam auf die Erde zurück.

»Das ist richtig! Wir müssen überlegen, was man am besten tun kann.«

Dann sagte das Mädchen: »Es führt kein Weg drum rum, daß ich aus der Stadt muß! Zu viele suchen nach mir, und ich bin viel zu bekannt. Und noch was: Cassidy können Sie so lange trauen, wie er das Geld noch nicht ausgegeben hat, aber das wird nicht lange dauern. Höchstwahrscheinlich läßt er's gerade jetzt über 'n Spieltisch wandern. Sobald er pleite ist, kommt er Sie wieder besuchen. Was ihn selbst betrifft, da können Sie ziemlich sicher sein – er kann Ihnen nichts nachweisen, ohne sich selbst zu verraten –, aber wenn ich irgendwo bin, wo er mich finden kann, wird er mich festnehmen, wenn Sie nicht noch mehr Knete auf 'n Tisch legen; und er wird mich durch Sie zu finden versuchen. Für mich gibt's nichts anderes, als aus der Stadt abzuhauen.«

»Genau das ist es, was wir tun werden«, rief Carter. »Wir suchen einen sicheren Ort aus, nicht allzuweit weg, wo Sie noch heute hinfahren können. Ich komme morgen nach, und dann können wir ja irgendwelche dauerhaften Vereinbarungen treffen.«

Es war schon fast hell, als sie mit ihren Plänen fertig waren.

Carter fuhr zu seiner Bank, kaum daß sie geöffnet hatte, und hob alles Geld ab, bis auf das, was nötig war, um die Schecks zu decken, die von ihm unterwegs waren, darunter der, den er dem Detective Sergeant gegeben hatte. Das Mädchen würde Geld für Verpflegung und Reise brauchen und auch für Kleidung, denn ihr Zimmer, davon war sie überzeugt, wurde immer noch von der Polizei beobachtet.

Sie verließ Carters Wohnung und bestieg ein Taxi; sie sollte sich was zum Anziehen kaufen, in einer anderen Farbe und Machart als der von dem, was sie im Augenblick trug und wovon die Polizei eine Beschreibung hatte. Dann sollte sie sich ein neues Taxi nehmen und zu einem Bahnhof fahren, der etwas außerhalb der Stadt lag – sie fürchteten, daß die Kripoleute, die auf den Bahnhöfen in der Stadt und an den Fähranlegestellen Dienst taten, sie trotz ihrer neuen Aufmachung erkennen könnten. Auf diesem außerhalb der Stadt gelegenen Bahnhof sollte sie einen Zug besteigen, der sie in die Stadt im Norden des Bundesstaates bringen würde, die sie sich für ihr gemeinsames Rendezvous ausgesucht hatten.

Carter sollte dann am nächsten Tag zu ihr stoßen.

Er ging nicht mit ihr hinunter an die Haustür, als sie abfuhr, sondern sagte ihr in seiner Wohnung auf Wiedersehen. Beim Abschied legte sie ihre Schutzschicht aus weltlichem Zynismus ab und versuchte, ihre Dankbarkeit zum Ausdruck zu bringen.

Aber er fiel ihr ins Wort, indem er, peinlich berührt, ihren eigenen früheren Verweis nachahmte: »Ach, hören Sie auf!«

Carter Brigham arbeitete an diesem Tag nicht. Die Geschichte, mit der er beschäftigt gewesen war, erschien ihm jetzt steif und leblos und ohne jede Beziehung zur Wirklichkeit. Der Tag und die Nacht schleppten sich dahin, aber ganz gleich, wie langsam, am Ende vergingen sie doch, und in der Stadt, in der sie auf ihn warten sollte, entstieg er einem schmutzigen Nahverkehrszug.

Als er sich in dem Hotel einschrieb, das sie ausgesucht hatten, überflog er die Seite, die den Anmeldungen des Vortags vorbehalten war. »Mrs. H. H. Moore«, der Name den sie hatte benutzen sollen, tauchte nicht auf. Diskrete Nachfragen ergaben, daß sie nicht eingetroffen war.

Carter ließ sein Gepäck auf sein Zimmer bringen, verließ das Haus und rief die anderen Hotels in der Stadt an. Sie war nicht da. An einem Kiosk kaufte er sich einen Schwung New Yorker Zeitungen, fand aber nichts über ihre Verhaftung. Wäre sie festgenommen worden, ehe sie die Stadt verlassen konnte, hätten die Zeitungen die Neuigkeit groß herausgebracht.

Drei Tage lang klammerte er sich hartnäckig an die Überzeugung, daß sie ihm nicht weggelaufen sei. Er verbrachte die Zeit in seiner New Yorker Wohnung, die Ohren aufs Klingeln des Telefons gespitzt, während er verzweifelt die Post durchsah und unablässig den Boten erwartete, der nicht kam. Ab und zu schickte er Telegramme an das Hotel in der Stadt im Norden – vergebliche Telegramme.

Dann akzeptierte er die unausweichliche Wahrheit: Sie hatte beschlossen – es vielleicht von vornherein so geplant –, nicht das Risiko einzugehen, das in einer Begegnung mit ihm lag, sondern hatte sich selbst ein Versteck gesucht: Sie hatte nicht vor, ihre Verpflichtungen ihm gegenüber zu erfüllen, sondern hatte seine Hilfe entgegengenommen und war verschwunden.

Ein weiterer Tag voller Tatenlosigkeit ging dahin, während er sich an die Bitterkeit seiner Erkenntnis gewöhnte. Dann machte er sich an die Arbeit, um zu retten, was zu retten war. Zum Glück schien das eine ganze Menge zu sein. Allein die Geschichte, die ihm das Mädchen über die Reste ihrer Mahlzeit hinweg erzählt hatte, konnte ohne größere Probleme in einen Kurzroman eingebaut werden, der sich mühelos würde verkaufen müssen. Gangstergeschichten waren immer gefragt, besonders eine mit einem echten Einbrechermädchen, das dem wirklichen Leben entstammte.

Als er sich über die Schreibmaschine beugte und auf sein Handwerk konzentrierte, begann sich seine Enttäuschung zu legen. Das Mädchen war weg. Sie hatte ihn schäbig behandelt, aber vielleicht war es besser so. Das Geld, das sie ihn gekostet hatte, würde aus dem Verkauf der Fortsetzungsrechte an der Geschichte mit Zinsen wieder hereinkommen. Was die persönliche Seite betraf: Sie war durchaus hübsch und reizvoll – und freundlich – gewesen. Trotzdem *war* sie eine Betrügerin …

Tagelang verließ er seinen Schreibtisch höchstens, um zu essen und zu schlafen, was er beides nicht im Übermaß tat.

Schließlich war das Manuskript fertig und ging auf die Post. Die nächsten zwei Tage ruhte er sich so hemmungslos aus, wie er geschuftet hatte, blieb bis in die Puppen im Bett liegen, vertrödelte die wachen Stunden und schöpfte so die Nervenkraft, die ihn die Arbeit immer wieder kostete.

Am dritten Tag erreichte ihn ein Brief vom Chefredakteur der Zeitschrift, an die er seine Geschichte geschickt hatte, mit der Frage, ob es ihm passe, am nächsten Nachmittag um halb drei in der Redaktion vorbeizukommen.

Vier Männer saßen bereits in einer Runde zusammen, als Carter das Büro betrat. Zwei davon kannte er: Gerald Fulton und Harry Mack, Schriftsteller wie er. Die anderen wurden ihm vorgestellt: John Deitch und Walton Dohlman. Er kannte ihre Werke, war ihnen selbst aber noch nie begegnet; sie schrieben für einige der Zeitschriften, die auch schon Geschichten von Carter gebracht hatten.

Als man es sich allgemein gemütlich gemacht hatte und Zigarren und Zigaretten brannten, lächelte der Redakteur in die unverstellt neugierigen Gesichter, die ihm zugewandt waren.

»Also, kommen wir zur Sache«, sagte er. »Sie werden die Angelegenheit zunächst für kurios halten, aber ich will versuchen, Sie nicht länger als nötig auf die Folter zu spannen.«

Er wandte sich an Carter. »Sie haben doch sicher nichts dagegen, uns zu erzählen, Mr. Brigham, wie Sie eigentlich auf die Idee zu ihrer Geschichte ›Der Engel vom ersten Stock‹ gekommen sind, nicht wahr?«

»Natürlich nicht«, sagte Carter. »Es war ziemlich seltsam. Ich wurde eines Nachts durch die Geräusche eines Einbrechers in meiner Wohnung geweckt und stand auf, um nachzusehen. Ich machte mich über ihn her, und wir kämpften eine Weile im Dunkeln. Dann machte ich Licht und – «

»Und es war eine Frau – ein Mädchen!« soufflierte Gerald Fulton heiser.

Carter zuckte zusammen.

»Woher wissen Sie das?« fragte er.

Dann sah er, daß Fulton, Mack, Deitch und Dohlman steif in ihren Sesseln saßen und ihre so verschiedenen Gesichter im Moment samt und sonders den gleichen verblüfften Ausdruck zeigten.

»Und nach einer Zeit kam ein Detective dazu?«

Es war Macks Stimme, rauh und gedämpft.

»Sein Name war Cassidy!«

»Und zu einem bestimmten Preis ließ sich alles regeln«, nahm Deitch den Faden auf.

Danach trat ein langes Schweigen ein, währenddessen der Chefredakteur so tat, als würde er von den Konturen eines halbkugelförmigen Briefbeschwerers aus Glas auf seinem Schreibtisch in Anspruch genommen, und die vier Berufsschriftsteller starrten mit puterroten und einfältigen Gesichtern angestrengt ins Leere.

Der Redakteur zog eine Schublade auf und entnahm ihr einen Stapel Manuskripte.

»Hier sind sie«, sagte er. »Ich wußte, daß irgendwas nicht stimmen konnte, als mir innerhalb von zehn Tagen fünf Geschichten zugeschickt wurden, die trotz aller Unterschiede unübersehbar von demselben Mädchen handelten!«

»Werfen Sie meine in den Papierkorb«, gab Mack leise zu verstehen, und die anderen schlossen sich dieser Entscheidung nickend an. Alle, bis auf Dohlman, der sich offenbar mit einem Gedanken quälte. Schließlich wandte er sich an den Redakteur.

»Dabei ist es doch 'ne ziemlich gute Geschichte, stimmt's, alle fünf Versionen?«

Der Chefredakteur nickte.

»Eine hätte ich ja gekauft, aber fünf – «

»Warum also nicht eine? Wir knobeln – «

»Sicher, das ist in Ordnung«, sagte der Chefredakteur.

Und so geschah es. Mack gewann.

Gerald Fultons runde, blaue Augen waren vor Verwunderung größer denn je. Schließlich fand er Worte.

»Mein Gott! Ich möchte nur wissen, wie viele Leute gerade noch an dieser Geschichte schreiben!«

Aber in Carters Kopf summte ein ganz anderes Problem herum.

»Meine Güte! Ich möchte nur wissen, ob sie den ganzen Verein auch geküßt hat!«

(erstmals in: »The Black Mask«, Nov. 1923)

In der Leichenhalle

Walter Dowe zog mit einem zufriedenen Seufzer das letzte Blatt des Manuskripts aus seiner Schreibmaschine, lehnte sich zurück auf seinen Stuhl und drehte das Gesicht zur Decke, um die versteiften Nakkenmuskeln zu lockern. Dann sah er auf die Uhr: Viertel nach drei am Morgen. Er gähnte, stand auf, knipste das Licht aus und ging durch den Korridor in Richtung Schlafzimmer.

In der Tür jedoch machte er abrupt halt. Das Mondlicht fiel durch die breiten Fenster und beleuchtete ein leeres Bett. Er machte Licht und sah sich um. Nicht eins der Kleidungsstücke, die seine Frau am Abend getragen hatte, war zu sehen. Sie hatte sich also nicht ausgezogen. Vielleicht hatte sie das Klappern seiner Schreibmaschine gehört und sich entschieden, unten zu warten, bis er fertig war. Sie unterbrach ihn nie, wenn er arbeitete, und er war normalerweise zu sehr ins Schreiben vertieft, um ihre Schritte zu hören, wenn sie an seiner Tür vorbeiging.

Er trat an den obersten Treppenabsatz und rief: »Althea!«

Keine Antwort.

Er ging nach unten, in alle Zimmer, und drehte das Licht an, ging wieder hinauf in den ersten Stock und tat dort das gleiche. Seine Frau war nicht im Haus. Er war bestürzt und ein bißchen hilflos. Dann fiel ihm ein, daß sie mit den Schuylers ins Theater gegangen war. Seine Hände zitterten, als er zum Telefonhörer griff.

Das Hausmädchen von Schuylers meldete sich. Es habe ein Feuer im Majestic Theater gegeben, und weder Mr. noch Mrs. Schuyler seien heimgekommen. Mr. Schuylers Vater habe das Haus verlassen, um nach ihnen zu suchen, sei aber noch nicht zurück. Das Mädchen hatte gehört, das Feuer sei ziemlich heftig gewesen –

Dowe wartete bereits auf dem Bürgersteig, als das Taxi, nach dem er telefoniert hatte, eintraf. Fünfzehn Minuten später mühte er sich, durch die Absperrungen zu gelangen, die das Theater noch immer umgaben. Ein schwitzender Polizist mit rotem Gesicht drängte ihn zurück.

»Sie würden hier nichts finden. Das Gebäude ist leer. Sind alle in die Krankenhäuser geschafft worden.«

Dowe ging zu seinem Taxi zurück und ließ sich zum City Hospital fahren. Er zwängte sich durch die schreienden Menschen auf der grauen Steintreppe. Ein Polizist versperrte die Tür.

Im nächsten Moment sprach ein teiggesichtiger Mann ganz in Weiß über die Schulter des Polizisten hinweg: »Es hat absolut keinen Zweck zu warten. Wir haben im Moment zu viel mit der Behandlung der Leute zu tun, um jetzt ihre Namen aufzunehmen oder irgend jemanden hereinzulassen, der nach ihnen sehen will. Wir werden versuchen, in der Vormittagsausgabe der Zeitung eine Liste zu veröffentlichen. Bis zum Nachmittag können wir niemanden reinlassen.«

Dowe wandte sich ab. Dann dachte er: Murray Bornis. Natürlich! Er ging zurück zum Taxi und nannte dem Fahrer Bornis' Adresse.

Bornis kam im Pyjama an die Wohnungstür. Dowe klammerte sich an ihn.

»Althea ist heute abend ins Majestic gegangen und nicht nach Hause gekommen. Ins Krankenhaus wollten sie mich nicht reinlassen. Sagten, ich solle warten, aber das kann ich nicht! Du bist der Polizeichef, du kannst mir Einlaß verschaffen!«

Während sich Bornis anzog, wanderte Dowe, abgerissene Sätze stammelnd, im Zimmer auf und ab. Dann sah er sich zufällig im Spiegel und blieb wie angewurzelt stehen. Der Anblick seines verzerrten Gesichts und der halbirren Augen brachte ihn schlagartig zur Besinnung. Er war drauf und dran, hysterisch zu werden. Er mußte sich beherrschen, durfte nicht schlappmachen, ehe er Althea gefunden hatte.

Er zwang sich, Platz zu nehmen und damit aufzuhören, sich Altheas weichen weißen Leib verkohlt und zerquetscht vorzustellen. Er mußte an etwas anderes denken: Bornis zum Beispiel –

Doch auch das brachte ihn schließlich wieder auf seine Frau. Sie hatte Bornis nie gemocht. Seine unverstellte Sinnlichkeit und sein lasterhafter Ruf, zahllose Affären mit zahllosen Frauen gehabt zu haben, hatten ihre strengen moralischen Auffassungen verletzt. Um sicher zu sein, hatte sie ihm stets alle Höflichkeit erwiesen, die sie dem Freund ihres Mannes schuldig war, aber im allgemeinen war es eine frostige Artigkeit gewesen. Und Bornis, der ihr Verhalten einsah und vielleicht ihre engen Ansichten ein wenig verachtete, war stets so kühl und höflich wie sie gewesen. Und nun lag sie irgendwo, stöhnte unter unerträglichen Qualen, war vielleicht schon tot...

Bornis war schließlich angezogen, und sie begaben sich zum City Hospital, wo der Polizeichef und sein Begleiter ohne weiteres eingelassen wurden. Sie liefen durch lange Räume, zwischen Reihen stöhnender und sich windender Körper entlang, blickten in zerquetschte und verbrannte Gesichter, sahen aber niemanden, den sie kannten. Dann zum Mercy Hospital, wo sie Sylvia Schuyler fanden. Sie erzählte ihnen, durch das entsetzliche Gedränge sei sie von ihrem Mann und Althea getrennt worden und danach habe sie sie nicht wiedergesehen. Dann fiel sie von neuem in Bewußtlosigkeit.

Als sie zum Taxi zurückkamen, gab Bornis dem Fahrer mit gedämpfter Stimme die nächste Adresse, doch Dowe brauchte sie nicht zu hören, um zu wissen, was er gesagt hatte: »Zum Leichenschauhaus.« Nirgendwo sonst konnte man noch suchen.

Sie schritten zwischen Reihen von Leichen entlang, die zumeist grauenhaft verstümmelt waren. Dowes Gefühle hatten sich erschöpft: Er empfand kein Mitleid, keinen Ekel mehr. Er sah in ein Gesicht: Es war nicht Altheas, also war es ihm gleichgültig, er ging zum nächsten weiter.

Bornis' Hand schloß sich krampfhaft um Dowes Arm.

»Dort! Althea!«

Dowe drehte sich um. Ein Gesicht, das wild flüchtende lederne Absätze aller menschlichen Züge beraubt hatten, ein Körper, zerschlagen, geschwärzt und zerschnitten, von dem die Kleider weggerissen waren. Das einzig Menschliche an ihm waren die Beine, die der Verunstaltung irgendwie entgangen waren.

»Nein, nein!« schrie Dowe.

Er wollte nicht glauben, daß dieses besudelte, zerfleischte Etwas die wunderbare weißhäutige Althea war!

Durch das Entsetzen hindurch, das Dowe für einen Moment von der Welt ausschloß, drang Bornis' zitternde, gequälte Stimme, es war fast ein Schrei: »Ich sag dir, sie ist es!« Hastig streckte er die Hand aus, um auf eines der makellosen Knie zu zeigen. »Schau doch! Das Grübchen!«

(erstmals in: »Saucy Stories«, Okt. 1923, unter dem Titel »The Dimple«)

Nachbemerkung

»Der Engel vom ersten Stock« ist der dritte Band bisher in Deutschland noch unveröffentlichter Hammett-Stories, die der Hoffmann und Campe Verlag herausbringt. Aus erbrechtlichen Gründen waren die Geschichten nach Hammetts Tod über Jahre für Neuausgaben und Übersetzungen nicht verfügbar, bis die zum Teil schon verloren geglaubten Stories 1987/88 zunächst in Frankreich und in französischer Sprache neu herauskamen, wo ein rechtskundiger Hammett-Kenner – im Besitz der alten Ausgaben – die Klärung der Situation vorangetrieben hatte.

Der Hoffmann und Campe Verlag sicherte sich daraufhin die deutschen Rechte und veröffentlichte im Frühjahr 1989 zunächst den Band »Der Komplize«, dem ein Jahr später »Der schwarze Hut« nachfolgte. Weitere Bände sind geplant.

Hamburg, im Frühjahr 1991